법보다 주먹! 6

사략함대 장편소설

초판 1쇄 찍은 날 § 2016년 5월 4일
초판 1쇄 펴낸 날 § 2016년 5월 13일

지은이 § 사략함대
펴낸이 § 서경석

편집책임 § 이재림

펴낸곳 § 도서출판 청어람
등록번호 § 제387-1999-000006호
등록일자 § 1999. 5. 31
어람번호 § 제1-2423호

주소 § 경기도 부천시 원미구 부일로 483번길 40 서경B/D 3F (우) 14640
전화 § 032-656-4452 팩스 § 032-656-4453
http://www.chungeoram.com
E-mail § chungeorambook@daum.net

ISBN 979-11-04-90793-7 04810
ISBN 979-11-04-90634-3 (세트)

사략함대 장편소설

FUSION FANTASTIC STORY

6

검보다
주먹!

도서출판 청어람

법보다
주먹!

목차

제1장
오리무중

"야~ 정말 구속영장 쉽게 나오네."

조명득은 구속영장 뭉치를 흔들며 이죽거렸다.

물론 이 모든 것이 사회적 이슈가 되고 있고 판사들도 괜히 구속영장을 발부해 주지 않는다는 구설수에 오르지 않기 위해서 적극적으로 구속영장을 발부해줬다.

"박태복 씨죠?"

각 지역의 형사들은 군산지청의 요청을 받아 자진 출두를 거부하거나 장난전화라고 생각하고 그냥 넘겨버린 남자들의 직장으로 가서 용의자들을 체포했다.

"그런데요?"

"광주경찰서에서 왔습니다."

경찰관이 박태복이라는 남자에게 경찰 신분증을 보여줬다.

"당신을 성매매 관련 법률 위반으로 긴급체포 합니다. 당신은 해당 사건의 조사가 이뤄지는 군산으로 이송될 겁니다."

"예?"

경찰이 워낙 크게 성매매 관련 법률 위반이라고 말했기에 박태복의 회사 사람들은 경찰의 이야기를 다 들었다.

"다시 말씀을 드릴까요? 성매매 관련 법률……."

"아닙니다. 잘못했습니다."

바로 꼬리를 내리는 박태복이었다. 사실 이렇게 성매매 관련 법률 위반으로 강하게 수사를 하는 적은 별로 없었다.

하지만 이번 일은 인신매매와 불법 감금 그리고 밀항까지 연결되어 있기에 또 중국이 눈을 크게 뜨고 지켜보고 있기에 오버를 하는 경향이 다분했다.

"가시죠."

경찰의 말에 박태복의 직장 동료들이 수군거리기 시작했다.

"카드 기록이 있습니다. 카드를 빌려주신 적이 있습니까?"

그래도 남자라고 나중에 변명거리를 만들어주는 형사였다.

단순 매춘이라면 벌금 정도로 끝이 날 것이니까.

직장에서 매장을 당하는 것은 너무 가혹하다고 생각해서 박동철이 검거조 경찰들에게 미리 사전에 시나리오를 하달했고 그대로 말하는 경찰이었다.

"카드요?"

"예, 카드 사용 기록이 있습니다."

"예, 있습니다. 친구 놈한테 빌려줬습니다. 저는 절대 성매매 안 했습니다."

박태복은 입에 침도 안 바르고 거짓말을 했다.

하여튼 그렇게 경찰들은 성매매를 한 남자들이 빠져나갈 구멍을 만들어주면서 검거를 했다.

물론 이렇게 검거가 되는 용의자들은 모텔이 아닌 구치소로 향해야 했다.

*　　　　*　　　　*

"언제까지 수사만 할 거야?"

벌써 3달째 수사만 하고 있다. 조사해야 할 인원들이 넘쳐나고 이왕 시작을 했으니 뽕을 뽑아야겠다는 생각에 적극적으로 수사를 이어가고 있는데, 위에서는 수사 종결을 하라는 압력을 넣고 있었다.

"아직 조사할 것이 더 남았습니다."

"단순 성매매자 1,260명까지 조사를 했는데 더 할 것이 있어?"

1,260명 중에 28명을 단순 성매매자가 아닌 범죄 사실을 알고도 신고하지 않은 자들로 구분해 놨다.

물론 마땅하게 다른 법률로 처벌할 방법은 없지만.

"이제 마무리하자."

"위에서 뭐라고 합니까?"

"하지! 너라면 안 하겠냐? 중국 정부가 자꾸 어떻게 되고 있냐고 자료를 요청해 온단다."

"조금만 더 수사하면 됩니다."

내가 수사를 종결시키지 못하는 것은 오 수사관님이 아직 봉고차의 행방을 찾지 못했기 때문이었다.

'다른 조직이 있어.'

아무리 생각을 해도 그 봉고차가 향하는 곳이 이 범죄의 머리일 거라는 생각을 떨칠 수가 없어서 나는 대부분의 조사를 끝낸 상황에서도 수사를 종결시키지 못하고 있었다.

"일주일이다. 딱 일주일!"

"예, 지검장님!"

"가 봐."

"예."

이렇게 나는 수사를 종결하라는 압박을 받기 시작했다.

하지만 봉고차의 행방을 파악하지 못하면 결코 수사를 종결시키지 않을 참이다.

*   *   *

"오 수사관님!"

오 수사관님은 봉고차의 행방을 찾느라 거의 폐인 수준으로 변해 있었다. 허구한 날 모니터만 보고 있으니 저럴 수밖에 없을 것이다.

사실 오 수사관에게 모니터 요원이 10명 정도 지원됐지만 사통팔달로 뚫린 도로에서 봉고차를 찾는 것은 쉬운 일이 아니었다.

"죄송합니다."

"피곤하시죠? 이거 드시면서 하세요."

나는 오 수사관에게 우루소와 박카스를 건넸다.

"먹고 왔습니다."

"어디까지 찾으셨나요?"

"칠곡까지 확인했는데 행방이 묘연합니다. 그곳 경찰서에서 지원을 요청했으니 기다리면 뭔가가 나올 겁니다."

"쉬면서 하세요. 오 수사관님!"

미스 신이 오 수사관에게 커피를 건네며 웃었다.

"그래야지. 하지만 오기가 생기네. 짜증 나게."

"금방 찾으실 거예요."

"내가 미스 신이 타준 커피 값이라도 하려고 꼭 찾는다. 꼭 찾겠습니다. 검사님!"

"예, 너무 모니터만 보시면 눈이 나빠지십니다. 눈의 피로가 엄청난 일이니까요. 이렇게 해보십시오."

"예?"

"양 손바닥을 이렇게 비비고 열기를 만들어서 눈 주변에 대는 겁니다. 이러면 눈의 피로가 풀린답니다."

"호호호! 별것을 다 하시네요."

미스 신이 환하게 웃었다.

"그러게요… 검사가 별것을 다 알고 있네요. 하하하!"

그때 조명득이 검사실로 들어왔다.

나는 조명득을 봤고 조명득은 찰나지만 미스 신을 째려봤다가 나를 봤다.

따르릉~ 따르릉~

그때 테이블에 놓여 있는 전화기가 울렸다.

"칠곡 경찰서인가?"

오 수사관이 바로 전화기가 있는 곳으로 걸어가 전화를 받았다.

"뭐라고요?"

오 수사관이 한참 통화를 하다가 인상을 찡그렸다.

─아마도 차체의 형체를 보니 찾으시는 봉고차인 것 같습니다.

"알겠습니다."

오 수사관이 어두운 표정으로 전화를 끊었다.

"검사님!"

조명득이 나를 불렀다.

"왜요?"

"저랑 나가서 따로 이야기를 좀 하시죠."

"그럽시다. 담배도 피우고 싶었는데 잘 되었네요."

*　　　　　*　　　　　*

"내부자가 있다고?"

조명득의 말에 나는 인상을 찡그렸다.

"그런 것 같네."

"누군데?"

조명득은 그냥 내부자가 있다는 추측만으로 이런 말을 하지 않는다. 즉 완벽한 심증이나 물증을 잡은 것 같다.

"여기!"

"이건······."

"미스 신, 아니, 그 돼지 년 엄마의 통장이야!"

조명득이 내게 내민 것은 미스 신의 모친의 통장 내역이었다.

그리고 그 뒤에는 미스 신의 통화 내역도 있었다.

그리고 이제 조명득은 건강미 넘치는 미스 신을 돼지라고 불렀다.

"법원에서 근무하면서 이런 돈은 못 만지잖아. 미스 신 모친은 아무 일도 안 하는 분이고. 그렇다고 해서 상가 건물이 있어서 월세를 받는 것도 아니고 부동산 거래가 있었던 것도 없고."

미스 신의 모친의 통장에는 우리가 작전을 개시한 다음 날에 1억이 입금이 됐다.

"그 돼지 년이 멍청하게 대포 통장도 안 쓰고 꼬리를 잡혔네."

"내부자라는 거지?"

"확실해. 그리고 통화 내역을 확인하니까 우리가 출동한 그날 전화 한 통을 했어. 내가 확인해 봤는데 대포폰이고, 지금은 아예 번호도 없어졌어. 어떻게 할까?"

"으음······."

내부의 적이 있을 거라는 생각은 못했다.

그래서 나 역시 놀랐다. 하지만 이번 일은 봉고차를 찾을 때까지는 비밀로 해야 할 것 같다는 생각이 들었다.

어떻게 되었던 수사는 끝나지 않았고 범인은 꼭 범죄 현장에 다시 오는 습성이 있으니까. 그리고 자신이 만든 라인을 이용할 생각도 할 거라는 생각도 들었다.

"내 생각에는 대포폰이 번호까지 사라진 것은 대가리랑 연결이 끊긴 거야."

"그러네."

결국 봉고차의 행방을 찾아야 했다.

"미스 신은 아는 것이 별로 없겠지?"

"아마 점조직으로 움직이는 것 같아."

사실 군산에서 검거를 한 범죄자들은 피라미라고 생각한다. 수괴는 봉고차와 연결되어 있을 거라는 생각을 떨치지 못해서 수사를 종결시키지 못했다.

그런데 봉고차도 오리무중이고, 수사에는 더 이상 진전이 없어서 답답했다.

"그럼 연결 고리가 없네."

"그렇지."

"그럼 체포해."

아무리 좋게 봤던 직원이고 부하라고는 하지만 배신은 용서할 수가 없다.

그리고 이 배신은 마 수사관의 배신과는 다른 것이다. 물론 마 수사관은 자신의 몸을 던져서 나를 구한 것도 용서의 이유가 되지만, 내 수사는 미스 신, 아니, 그 돼지 년 때문에 처음 시작할 때부터 실패한 수사였다는 거였다.

'내가 지랄을 해서 군산 경찰서 형사들을 배제하고 수사를 했는데……'

결국 우스운 꼴이 된 것이다.

"알았어."

                    *   *   *

  가평의 잣 공장 사무실은 사무실치고는 무척이나 폐쇄적이었
다. 그리고 이 사무실에는 인천 짱깨들의 두목인 박 사장이 잣
공장 공장장으로 일을 하고 있었다.
  물론 이 사무실에서 잣 관련 판매가 이뤄지고는 있지만 그건
자신들의 범죄를 숨기려는 것에 불과했다.
  "TV봤지?"
  "예, 사장님!"
  "소나기는 무조건 피하는 것이 최고다.
  "알고 있습니다."
  따거라고 불리고 불렀던 두 명의 남자들이 굳어진 얼굴로 박
사장의 말을 들으며 짧게 대답했다.
  "최소 6개월 동안 우린 복지부동만 한다."
  "6개월씩이나요?"
  "걸리면 끝이다. 우린 그냥 잣만 따는 거야. 정말 잣 같지만
아직도 수사 중이잖아."
  TV에서는 노출 빈도가 줄어들기는 했지만 여전히 박동철의
사건이 뉴스가 되고 있었다.
  "예, 알겠습니다."
  "그냥 이번 가을은 잣만 따고 잣만 까자. 알았지?"
  "예, 사장님!"
  "그런데 그 돼지랑은?"
  "그년은 나 몰라."

박 사장이 피식 웃었다.

이 상태라면 결국 박동철은 피라미만 잡은 꼴이었다.

물론 그 피라미도 엄청난 것들이지만 말이다.

                    *   *   *

나와 조명득은 검사실 문을 들어섰고, 미스 신은 여전히 싱글
벙글 웃고 있었다.

그리고 오 수사관님은 인상을 찡그리고 있었다.

"검사님!"

내가 들어서자마자 오 수사관이 나를 불렀다.

"왜 그러시죠?"

"봉고차 행방을 찾은 것 같습니다."

"잘됐군요."

"그런데……."

"뭐죠?"

"칠곡의 인적 드문 국도변에 불태워졌답니다."

예상했다. 역시 내 추측대로 봉고차가 핵심 키워드였다.

그 키워드를 잡고도 망친 것은 모두 내부의 배신자, 미스 신
때문이다.

"조 수사관님!"

"예,"

"집행하세요."

"알겠습니다."

내가 말을 하자 조명득도 표정이 어두웠다.

그리고 커피를 마시며 수사 서류를 보고 있는 미스 신에게 다가갔다.

"커피 드릴까요? 조 수사관님!"

역시 웃는 얼굴이다.

마음 같아서는 달려가서 뺨을 한 대 후려치고 싶다.

물론 우리가 모르는 사정이 있을지도 모르지만, 배신은 배신이다.

"…미스 신!"

"예, 오 수사관님!"

"손 좀 줘봐."

"왜요?"

"줘!"

"여기요."

미스 신이 조명득에게 손을 내밀었다.

"신미순, 당신을 우선 뇌물 수수 및 비밀 누설 및 범죄 조작 결탁 혐의로 긴급체포 합니다."

조명득의 말에 미스 신의, 아니, 신미순의 표정이 굳어졌다.

"조, 조 수사관님!"

"당신은 묵비권을 행사할 수 있고 변호사를 선임할 수 있습니다."

조명득의 말에 신미순이 고개를 푹 숙였다.

"…죄송해요. 흑흑흑!"

배신자가 눈물을 흘렸다. 오늘 참 씁쓸한 날이다.

모두에게 각자의 사정은 있을 것이다.

하지만 오늘 같은 날은 소주만 생각이 난다.

"검, 검사님! 이게 무슨 일입니까?"

우 수사관이 내게 물었다.

"우선 칠곡으로 가 봐야겠네요. 봉고차가 불에 탔다고는 하지만 무슨 증거라도 남아 있을지 모르니까요."

"…예."

머리가 아프고 신경이 쓰이는 일을 떠올리지 않는 가장 좋은 방법은 다른 일에 집중하는 것밖에는 없다.

"가시죠. 칠곡으로!"

＊　　　　　＊　　　　　＊

아무것도 남지 않았을 거라는 것을 알면서도 칠곡까지 왔다. 그냥 있으려고 하니 마음이 너무 착잡하니까.

"아무것도 없네요. 검사님!"

봉고차가 불탄 곳은 깨끗했다.

벌써 3개월이 지났으니까.

"…그러네요."

"이제 어떻게 합니까?"

수사 종결 압박을 받고 있다.

너무 많이 시간을 끌어온 것도 사실이었다.

"수사 종결해야죠."

"포기하시는 겁니까? 검사님!"

조명득이 내게 물었다.

"포기요?"

"예."

"저, 그런 거 모릅니다. 하지만 우선 수사는 종결합니다. 그리고 내사를 할 생각입니다."

"내사요?"

"예."

"CCTV는 다 확보하셨죠?"

"예, 3개월치 보관분은 다 확보했습니다."

아마 어림잡아 수백 기가, 아니, 수천 기가도 넘는 용량일 것이다. 하지만 포기할 수는 없다.

"그 영상을 이용해 따로 내사를 하겠습니다."

"제가 하죠."

오 수사관이 내게 말했다.

"당분간은 수사를 멈출 생각입니다. 망할 놈들이 안심을 할 때까지 기다릴 생각입니다."

"그럼 CCTV 확인은 어떻게 하죠?"

"조 수사관이 따로 정보원을 이용해 내사를 진행할 겁니다."

이건 다시 말해 청명회를 움직이라는 명령이다.

"알겠습니다. 검사님!"

우선은 접는다.

나는 완벽하게 범죄 조직에게 패한 것이다. 하지만 오늘은 졌지만 내일은 다시 일어날 것이다. 그리고 놈들을 꼭 잡을 것이다.

"칠곡에는 뭐가 좋죠?"

"예?"

"소주 한 잔 하고 싶은데……."

"칠곡에는 마땅한 것이 없습니다. 그냥 군산으로 가시죠."

오 수사관이 내게 말했다.

"그러죠. 그리도 우리 집에 가서 팔아줘야죠. 오늘 소주 많이 팔아줄 것 같네요."

정말 소주가 필요한 날인 것 같다.

내가 범죄자에게 처음으로 진 날이니까.

"그럼 칠곡 경찰서에 가서 자료들 확보해서 내려가시죠."

그렇게 우리는 칠곡에서 불탄 봉고차 사진 몇 장만 건지고 돌아왔다.

그리고 사건 수사는 종결이 됐다. 그렇게 돌아온 날 우리는 필름이 끊길 정도로 마셔야 했다.

*   *   *

"여기랑 저기랑 설치 해."

강솔미는 모텔 안에서 자신의 기둥서방에게 CCTV를 설치하라고 지시를 하고는 침대에 앉아 담배를 피웠다.

"이게 통할까?"

기둥서방이 몰래카메라를 설치하면서 강솔미에게 물었다.

"요즘은 인터넷 시대잖아. 그리고 놀면 뭐해? 한 푼이라도 더 벌어야지."

"그런데 솔미야!"

"왜, 오빠?"

"버는 돈은 다 어디다 써?"

강솔미의 기둥서방은 그게 의문이었다.

"좋은 곳에 쓰지."

강솔미가 미소를 지어 보였다.

"좋은데?"

"궁금해?"

"응."

"우리가 이렇게 사는 건 전생에 죄를 많이 지어서 이러는 거야. 다음에는 좀 제대로 태어나야지. 그러기 위해서 써!"

강솔미가 이상한 소리를 했다.

"그건 그렇고 솔미야!"

"또 왜?"

"군산 분위기, 이상하지 않아?"

"좀 이상하기는 하네. 이렇게 아무 일도 안 일어나는 곳은 또 처음이네."

"뉴스 봤지?"

박동철이 담당하는 사건을 말하는 것 같다.

"당연히 봤지. 요즘 사창가가 파리만 날리고 있다면서?"

1,260명의 성매매자들이 경찰도 아닌 검찰 수사를 받았다는 뉴스가 떴고 군산의 사창가는 바로 직격탄을 맞았다. 그래서 이제 거의 대부분의 사람들이 군산 사창가를 피했다.

뭐 군산 말고 다른 지역에도 욕망을 풀 곳은 넘쳐나니까.

그리고 풍선 효과로 다른 지역의 단란 주점과 노래방 등 불법

안마시술소가 호황을 누리고 있었다.

"여기, 별로야."

"그러니까 이렇게 몰래카메라를 설치하는 거잖아."

"뭐하게?"

"사창가로 못 가면 어디로 가겠어?"

"모텔 가지?"

"그러니까. 놀면 뭐해? 야동이나 찍어서 일본에 팔아먹는 거지."

참 요상한 발상을 하는 강솔미였다.

"너, 정말 머리 좋다."

"여기까지 해서 몇 개나 설치했어?"

"여기까지 해서 25개야."

다시 말해 25곳의 모텔에 몰래카메라를 설치했다는 말이었다.

"그럼 이제 군산 뜨자. 이런 곳에 오래 있을 필요가 없어."

결국 강솔미는 군산에 와서 아무 작업도 못하고 철수를 할 판이었고, 그래서 이렇게 몰래카메라도 설치를 하는 거였다.

"알았어."

"한 두어 달 지나고 회수하면 돈 좀 될 거야."

"하지만 푼돈이잖아."

"오빠~ 땅을 파도 십 원 짜리 하나 안 나오네요."

"장비 값도 엄청나!"

"투자야! 투자! 혹시 알아 대박이라도 하나 걸릴지. 호호호!"

"알았다. 다 됐다. 그런데 우리, 온 김에……."

"왜, 홀딱 벗고 떡치는 거 동영상으로 남기고 싶어?"

강솔미가 피식 웃었다.

"아~ 그러네. 가자!"

결국 강솔미의 기둥서방은 이곳에서 욕망을 불태우지 못했다.

'저걸 언제 처리하지.'

강솔미는 딴 생각을 하고 있었다. 하지만 당장 가평 잣 공장 가동이 중지가 되어서 처리할 방법이 없었다.

물론 그냥 헤어지는 방법도 있지만 자신의 범죄 사실을 다 알고 있는 놈이라 그냥 헤어질 수는 없었다. 홧김에 경찰에 신고라도 하면 콩밥을 먹는 것은 당연한 일이고, 출소 후에 똑같은 일을 할 수 없다는 것을 강솔미는 잘 알고 있었다.

그리고 놀랍게도 강솔미는 지금까지 전과가 없었다.

그래서 꽃뱀이라는 의심을 피할 수 있었던 거였다.

"호호호! 아무나 대박 하나 걸려라."

그렇게 강솔미는 웃으며 대실 시간이 끝나자마자 모텔에서 나왔다.

그리고 고성능 몰래카메라는 작동을 멈췄다. 센서가 장착이 된 몰래카메라고, 움직이는 물체가 움직여야만 작동되는 몰래카메라라서 꽤 오래 야한 영상을 촬영할 수 있는 몰래카메라였다.

*　　　　　*　　　　　*

군산 소재 군청 민원실.

나는 전날 밤 과하게 술을 마셔 만취를 했고 수사를 종결하기 전에 추성호와 은설을 불렀다.

"예? 그게 가능한 겁니까? 검사님!"

내 말에 추성호가 놀라 눈이 커져서 다시 물었다.

"그럼 평생을 견우직녀로 사실래요?"

"…그건 아니죠. 은설이랑 이야기 다 끝냈습니다. 중국 가서 살기로 했습니다."

"중국 가서 뭐하고 사시려고요?"

내 말에 은설도 놀란 눈으로 내가 한 말이 가능한 일이면 좋겠다는 눈빛을 보였다.

"찾아봐야죠."

"중국은 임금이 낮아서 하실 일이 별로 없을 겁니다."

"뱃놈이 배 타야죠."

"그래서 혼인신고 하시기 싫으세요?"

"그게 되나요? 검사님!"

은설이 내게 물었다.

"당연히 되죠. 그렇죠, 되는 거죠?"

"예."

내 질문에 군청 직원이 짧게 대답했다.

물론 이 사실을 지검장님이 아시면 난리가 날 것이다. 하지만 막을 방법은 없다.

예전에 검찰에 첫 출근을 할 때 인천 출입국 사무관과 해프닝이 있었고, 그게 인연이 되어 아직도 연락을 하고 있었었다.

그리고 군산 사건에서 많은 도움을 얻었다. 그래서 물어봤다.

추성호와 은설을 국내에서 혼인신고를 하는 일이 가능하냐고.

그리고 답은 놀랍게도 가능하고 벌금만 잘 낸다면 국민의 배우자 자격으로 체류도 할 수 있다는 답을 얻었다.

물론 벌금이 엄청나게 나올 수 있고, 조사를 철저하게 받을 거라는 추가 설명도 있었지만 말이다.

"신분증 주세요."

내 말에 추성호가 주민등록증을 내게 내밀었고 은설은 중국 여권을 내게 내밀었다.

"정말 가능하죠?"

"물론이죠. 사랑하시는데 결혼하셔야죠."

혼인신고를 담당하고 있는 군청 직원이 추성호와 은실이 꼭 잡은 손을 보고 내게 말했다. 정말 저 둘은 사랑하는 관계가 분명할 것이다.

그래서 나는 저들을 그냥 사랑할 수 있게 만들어줄 참이다.

"보증인은 누가 서실 거죠?"

"저죠."

"검사님이요."

나는 이미 신분을 밝혔다.

사실 내 검사 신분증 때문에 이것저것 편한 것이 많다. 어디를 가든 최소한 이상한 의심은 안 받으니까.

"예, 한 명 더 있어야 하는데……."

"저요."

물론 조명득이다.

믿을 만한 사람은 조명득뿐이고 내가 하는 일에 조명득이 없으면 나도 서운하고 조명득도 서운하니까.

"됐습니다. 여기 혼인관계 증명서 나왔습니다."

군청 직원이 혼인관계 증명서를 주자 추성호는 감격을 했는지 눈물을 흘렸고 은설도 울었다.

그리고 서로 부둥켜안고 군청에서 엉엉 울었다.

'정말 사랑하나 보다.'

물론 혼인신고와 국내 거주 비자가 나오는 것은 별개의 일이지만 말이다.

하지만 저 둘은 합법적으로 부부라는 것을 증명 받았다는 것만으로도 행복한 것 같다.

'우도와 차도, 갈명도에도 나중에 혼인신고를 시켜야지.'

비록 첫 시작은 매매혼이고 인신매매지만 오지의 섬에서 서로의 행복을 위해 열심히 살고 행복을 찾는 세부부가 있었다.

그들 역시 나는 따로 만났고 조선족 여자 두 명과 한족 여자에게 물었다.

지금 이 순간이 행복하냐고.

조금이라도 행복하지 않으면 바로 섬을 떠날 수 있다고 말했다. 그런데 그 신부들은 섬에 남아서 살고 싶다고 내게 말했다.

임신을 한 여자도 있었고 애를 낳은 여자도 있었다.

또 혹시나 해서 구타나 협박 때문에 내게 그렇게 말하는 것인지도 모른다는 생각에 배에 태워서 군산까지 와서 물었다.

그런데 그 아내들은 남편 밥 해줘야 한다고 돌아가야 한다고 했다.

강제 감금이 이루어졌다면 그러지는 못할 것이다.

어떤 면에서 나는 사건을 해결하면서 검사로 또 불법을 저지르고 있는 것이다.

하지만 누구나 행복추구권이 있고, 대한민국의 헌법에도 그 법이 있다.

그러니 내가 법으로 관여할 일은 아닌 것 같다.

그 부부들은 다른 사람에게 그 어떤 피해도 주지 않고 사니까.

그러니 추성호 부부의 일이 원만하게 해결이 되면 떳떳하게 그리고 합법적으로 살 수 있게 만들어주고 싶었다.

그래야 돈을 벌어서 친정이라도 한번 온 가족이 함께 갈 수 있을 거니까.

"이제 합법적으로 사랑하셔도 됩니다."

"감사합니다. 검사님! 정말 감사합니다."

나는 그렇게 추성호와 한 약속을 지켰다.

                    *   *   *

"검사님!"

군산 외국인 출입국 사무소에서 출입국 사무소 조사관이 무서운 표정을 지은 채 나를 불렀다.

나는 지금 검사의 신분이 아닌 저 둘의 결혼을 보증한 보증인으로 조사를 받고 있다.

"박동철입니다. 지금은 검사 신분이 아니고요."

"그렇죠. 박동철 씨! 불법은 아닌데……."

뭐라고 해야 할지 답이 서지 않는 모양이다.

"조사관님!"

"예."

"그냥 저 두 사람 사랑하면서 살게 해주십시오."

내가 담담하게 말했고 외국인 출입국 사무소 조사관이 나를 봤다.

"은설 씨의 신원보증을 하시겠습니까?"

"네, 하겠습니다."

"일반인 박동철 씨가 아닌 대한민국 검찰 공무원 박동철 검사로 신원보증 하시겠습니까?"

"그게 뭐가 다릅니까?"

"그렇게 해주셔야 저희도 어떻게든 은설 씨 F4비자를 내줄 구실을 만들죠. 아시잖아요. 결재를 받아야 한다는 것을."

"알겠습니다. 제가 신원보증 서겠습니다. 대한민국 검사 박동철로 신원보증을 서겠습니다."

신원보증이라는 것이 참 그렇다.

아무것도 아닌데 범죄를 저지르면 그 피해액에 일부를 책임져야 한다.

"좋습니다. 제가 힘을 써 보죠. 벌금은 있을 겁니다."

"예? 왜요?"

"지금은 불법 체류가 아니지만, 과거에는 불법 체류였잖습니까."

뭐라고 할 말이 없다.

모든 일은 사람이 하는 일이니까.

"얼마나 나오죠?"

"상황이 그러니까… 한 2000만 원쯤 나올 겁니다."

외국인 출입국 사무소 직원의 말에 추성호가 숨이 턱하고 막히는 표정을 지어보였다.

"하지만 보증인이 보증인이니까 한 20만 원에 해결될 겁니다."

"감사합니다. 조사관님!"

추성호는 머리를 땅까지 숙이고 100번 정도는 인사를 한 것 같다.

그렇게 추성호와 은설은 부부가 됐고 은설은 국민의 배우자 자격으로 체류할 수 있는 F4비자를 획득했다.

*　　　　*　　　　*

"아니, 검사님! 이번에도 또 입니까?"

외국인 출입국 사무소 직원이 나를 째려봤다.

"이번에도 잘 부탁드립니다."

나는 세 명의 신부를 데리고 왔다.

이래서 저러는 것이다.

"이러시면 곤란……."

"판례도 있잖습니까? 제가 보증서겠습니다."

"아무리 그래도……."

"부탁드립니다. 사적으로 검사 한 명 알아두는 것도 나쁘지 않 잖습니까. 제가 이제부터 조사관님을 은인으로 모시겠습니다."

내 말에 조사관이 역시 소문대로 박동철 검사는 또라이라는 눈빛을 보였다. 하지만 그 눈빛 속에서 자신이 도움을 주면 언젠 가는 도움을 받을 수 있겠구나 하는 확신이 새어나오고 있었다.

"예, 알겠습니다. 제가 최선을 다 해보겠습니다. 벌금은……."

"저번처럼 20만 원이죠?"

"예, 그렇게 합시다."

무슨 흥정도 아니고 하여튼 흥정 아닌 흥정이 모두 끝났고, 3명의 신부들도 체류 비자가 나왔다.

비자가 나오자마자 나는 내 사비를 털어서를 털어서 합동결혼식도 올려줬고, 또 요즘 한국 신혼부부라면 다 간다는 세부로 신혼여행도 보내줬다.

그리고 철저하게 감시도 할 참이다. 내가 신원보증을 선 사람들이니까.

"참 너는 오지랖도 넓다."

조명득이 신혼여행을 떠나는 8명의 신혼부부를 보면서 내게 이죽거렸다.

"그러게."

"하여튼 너는 사람 끄는 묘한 재주가 있다니까."

"그래?"

"동철아!"

조명득이 그윽한 눈빛으로 나를 불렀다.

"왜? 또 무슨 소리를 하려고?"

"너, 정치할래?"

"좋은 밥 먹고 무슨 개소리를 하냐?"

"여당에서 니를 전국구 국회의원으로 추천한다는 소리가 있더라."

"나를?"

"응. 아주 신빙성 있는 사람의 입에서 나왔다."

조명득의 말을 듣고 참 개나 소나 다 정치를 한다는 생각이 들었다. 그리고 정치 똑바로 하는 놈도 없구나 하는 생각이 들었다.

내가 이슈가 되고 있다고 나를 전국구 국회의원에 추천을 하는 것을 보니 말이다.

'참 정치하는 놈 없네.'

입맛이 참 쓰다.

"개나 소나 다 정치를 하니까 정치가 이 모양 이 꼴인 거야."

"안 할 기가? 검사보다는 국회의원이 일하기는 더 편하다."

"나는 별로다."

내 말에 조명득이 피식 웃었다.

"진짜 관심 없나?"

"내가 국회의원이 되면 개나 소가 된다니까."

"니는 절대 개나 소는 안 될 것 같다. 내가 보기에는!"

"너도 눈깔이 삐었네. 헛소리는 그만하고 가자. 오늘 내장탕이 먹고 싶다."

"그러자."

*　　　　*　　　　*

민주통일당 총재실.

"이 노트북을 보시면 아시겠지만 돌아올 총선에서 바람몰이를 해줄 사람은 박동철 검사뿐입니다."

민주통일당은 경상도를 근거로 하는 현 여당이다.

"박동철 검사?"

"예, 젊은 피입니다. 우리 당의 보수적인 이미지를 상쇄시킬 수 있는 좋은 카드입니다."

"정치에 관심이 있네요?"

민주통일당 총재가 계파 의원에게 물었다.

"아직까지는 구체적인 접촉은 안 했습니다. 하지만 이렇게 설치는 것은 정치에 관심이 있기 때문이지 않겠습니까?"

계파 의원의 말에 총재가 고개를 끄덕였다.

"…듣고 보니 그러네요. 온통 뉴스에서 박동철 검사에 관한 이야기뿐이니까."

인터넷은 난리가 난 상태였다.

"보십시오. 이 뉴스 페이지만 봐도 최소 200만 이상의 청년들의 표를 가져다 줄 것 같습니다."

계파 의원이 노트북을 돌렸고 총재가 뉴스 아래에 단 댓글을 봤다.

―박동철 검사 짱!

―박동철 검사를 국회로 보냅시다.

―아마 국회의원이 되어도 잘할 겁니다. 개나 소나 다 하는 정치, 이제부터는 사람이 해야죠.

개나 소나라는 댓글에 총재가 인상을 찡그렸다.

항상 이렇게 국민들은 정치인들을 불신했다. 물론 하는 짓들이 다 형편없기 때문이기는 하지만 말이다.

─괜히 썩은 물에 가면 박동철 검사도 썩으면 어떻게 하지?

─검찰총장감인데, 설마 그러겠어?

─박동철 검사를 국회로.

이런 댓글이 매일 5,000개 이상 달렸는데, 그중 3,000개는 사실 조명득이 댓글 아르바이트를 은밀하게 투입한 거였다.

"…반응이 대단하군요."

"그렇습니다. 이번 사건만 잘 해결되면 엄청난 국민적 지지를 받을 것 같습니다."

"이정도면 광주에 전략 공천을 해도 당선이 되겠네요."

총재는 한술 떠 떠서 박동철을 절대적인 약세를 보이는 광주 지역에 전략 공천을 하는 것도 나쁘지 않다고 말했다.

"그것도 방법인 것 같습니다."

"우리만 이러고 있는 것이 아니겠죠?"

"새천년정치연합에서도 움직일 겁니다."

"빼앗기면 안 될 것 같네요."

"접촉을 해보겠습니다."

"박동철 검사가 정치에 관심이 있다면 절대로 새천년정치연합에 빼앗기면 안 됩니다. 총선 승리의 키워드가 될 수 있으니까요."

"예, 청와대에서도……."

"관심을 보이고 있습니까?"

"예, 지대하신 관심이 있으신 것 같습니다"

"그럼 당장 추진하세요. 젊은 피를 수혈하는 것도 정치에는 좋죠. 보수 꼴통 이미지를 벗는 것이 이번 총선의 핵심입니다."

놀랍게도 정치권에서 박동철을 포섭하기 위해 움직이기 시작
했다.

*　　　　*　　　　*

새천년정치연합 대표실.

"박동철 검사를 무조건 우리 편으로 만드세요."

최고 야당인 새천년정치연합도 난리가 났다. 정보라는 것이
다 그런 것처럼 여당에서 박동철을 포섭하기 위해서 움직인다는
소문이 돌자, 총선을 위해서 박동철을 입당시키기 위해 작전을
짜고 있었다.

"예, 법조계 출신인 박두선 의원에게 자리를 한번 만들자고 했
습니다."

"당장 만드세요. 박두선 의원에게 총선 승리 후에 최고의원
자리를 준다고 약속하시고 어떻게든 박동철 검사를 입당시켜야
합니다."

"최선을 다하겠습니다."

"이번 총선에도 패배를 하면 다음 대선은 끝입니다. 다음 대선
에서도 패한다면 정당 유지 자체가 어렵습니다."

"예, 대표님!"

"아마도 여당은 박동철 검사를 이용해서 보수 꼴통이라는 이
미지를 벗고 쇄신한다는 이미지를 심으려 할 겁니다. 우리는 박
동철 검사를 이용해서 혁신정치를 한다고 광고해야 합니다. 분
명 그가 이번 총선의 핵심이 될 겁니다."

"예, 알겠습니다."

"박두선 의원에게 바로 군산으로 내려가라고 하세요."

"예."

그렇게 두 거대 정당이 박동철을 잡기 위해 움직이기 시작했다.

*   *   *

"박동철이, 그 꼴통 새끼 당장 잡아와!"

지검장이 노발대발했다. 참고인으로 온 은설을 송환시켜야 하는데, 국민의 배우자 자격으로 체류를 하겠다고 하니 입장이 곤란해졌다.

"…지금 박동철 검사는 법원에 갔습니다."

"이런 망할 새끼! 그건 검사 새끼도 아니야! 그냥 꼴통 새끼지!"

"이제 어떻게 합니까? 서울에서 신병을 넘기라는데요."

"무슨 수로? 국민의 배우자 자격으로 체류 자격이 생겼다면서! 외교부가 알아서 하라고 해. 예전에도 있었잖아. 그 탁구 선수 부부들! 그냥 결혼 외교로 잘 포장을 하면 되겠네."

이미 사고는 박동철이 쳤고 그 수습은 지검장이 했다. 물론 수습이라고까지 할 수는 없지만 말이다.

"하여튼 재판 끝나고 내 방으로 오라고 해!"

"예, 지검장님! …그런데 지검장님!"

"왜?"

"소문 들으셨습니까?"

"뭔 소문?"

지검장이 인상을 찡그렸다.

요즘 들어 소문이라면 겁부터 나는 지검장이었다.

"…정치권에서 박동철 검사한테 접촉을 시도하고 있답니다."

"개나 소나 정치해?"

지검장이 버럭 소리를 질렀다.

"그러니까요. 하지만 그냥 소문만은 아닌 것 같습니다. 어제 대선배이신 박두선 의원께서 저한테 뜬금없이 전화를 하셨습니다."

"우리 똥철이는 정치에 관심이 없어."

"그건 모르잖습니까."

평검사의 말에 지검장이 인상을 찡그렸다.

"그 양반은 정치한다고 갔으면 정치나 하지, 왜 일 잘하는 평검사의 마음에 헛바람을 넣으려고 그래?"

"지금 인터넷이 난리도 아닙니다. 박동철 검사를 국회로 보내자고 댓글 응원이 엄청납니다."

"그런 것도 잠시야! 찻잔 속의 태풍이라는 소리도 몰라?"

"…그런데 그 정도가 아닌 것 같습니다."

따르릉! 따르릉!

그때 지검장의 핸드폰이 울렸고 지검장은 액정에 뜬 이름을 봤다.

"…이 양반, 정말 정치 호구 됐네."

"예?"

"박두선 의원!"

지검장이 이름을 말하고 인상을 찡그렸다.

"그래도 받으셔야죠."

"생까는 것이 좋은데……."

"차기 법무장관이 될 분이라는 소문이 파다합니다."

"너, 정치에 관심 있어?"

"아뇨, 없죠."

따르릉~ 따르릉~

"그런데 어떻게 그렇게 잘 알아?"

"뉴스를 보면 다 나옵니다. 하여튼 받으시는 게 좋을 겁니다."

"참나… 이 양반, 이상하게 변했네."

딸칵!

"예, 선배님! 무슨 일로 황송하게 전화를 다 주셨습니까?"

전화를 받기 전까지는 이 양반이라고 말하던 지검장이 바로 기다렸다는 듯 전화를 받았다.

―잘 지내죠? 지검장!

"예, 군산에서 회 잘~ 먹고 잘 지내고 있습니다."

―곧 서울로 복귀해야죠. 인재가 거기 있으면 되나요. 내가 법무장관에게 말 잘해놨습니다. 서울 고검장으로 추천될 겁니다.

박두선 의원의 말에 지검장이 인상을 찡그렸다.

'검찰 인사가 국회위원 마음이네. 시발!'

사실 지검장도 반골 기질이 있었다.

그래서 박동철을 예쁘게 보는 거겠지만 말이다.

"아이고 황송합니다. 하지만 제가 그런 깜냥이 되겠습니까? 그런데 무슨 일로 선배님이 전화를 다 주셨습니까?"

―내가 군산에 갈 일이 생겨서 지금 내려가고 있는데, 후배들 얼굴 한번 보고 싶네요. 저녁 같이 먹읍시다. 학교 후배들 다 밥

한번 사주고 싶네.

박두선 의원은 학연으로 끈을 만들려고 했다.

"예, 알겠습니다."

학연으로 걸고넘어지니 뭐라고 할 말이 없는 지검장이었다.

—박동철 검사도 꼭 오라고 하고.

"예, 그러죠."

—내려가서 봅시다. 고검장! 하하하!

다시 한 번 지검장이 인상을 찡그렸다가 전화를 끊었다.

"박두선 의원이 뭐라고 합니까?"

평검사가 궁금하다는 표정으로 지검장에게 물었다.

"개가 하는 소리를 사람이 어떻게 알아들어!"

"예?"

"개소리하잖아!"

지검장이 버럭 소리를 질렀다.

"그렇죠."

"너도 우리 학교지?"

"예, 지검장님!"

"저 개새끼가 학연으로 한번 뭉치자네. 연락해."

"박동철 검사한테도 연락을 합니까?"

"연락은 해야지. 똥이 대부분 더럽지만 가끔은 무서울 때가 있거든."

"예, 지검장님!"

"요즘 정치를 개나 소나 다 하니까 개판이 되지. 쯔쯔쯔!"

*　　　*　　　*

재판장.

표창우를 비롯해서 이번 사건의 주범격인 10명이 수의를 입고 내가 자신들의 형량을 구형하기만을 기다리고 있었다.

"존경하는 재판장님! 표창우에게 인신매매 및 감금 등 28종의 죄목을 적용하여 법정 최고형인 사형을 구형하는 바입니다."

사형이라는 말에 표창우는 멍한 표정을 지었다가 번뜩 정신을 차리고 나를 노려봤다.

"약속한 거랑 다르잖아! 이 망할 놈의 검사 새끼야!"

"피고! 조용히 하세요."

쾅쾅쾅! 쾅쾅쾅!

표창욱 피의자석에서 난동을 부리자 판사가 소리쳤고, 흥분한 표창우를 제압하기 위해 법원 경비관이 달려들었다.

"존경하는 재판장님! 공형식에게 인신매매 및 감금 등 28종의 죄목을 적용하여 법정 최고형인 사형을 구형하는 바입니다."

그렇게 나는 주범격인 10명 전원에게 사형을 구형했고, 모두 내게 속았다는 눈빛으로 절망했다. 그리고 관련자 82명을 최소 징역 10년 이상을 구형했다.

그리고 내 뜻대로 주범들에 대해서는 사형이 확정됐다.

보통 이런 사건이 일어나면 인권이니 뭐니 해서 형이 감소되지만, 이번만큼은 여론과 중국 정부의 눈치 때문인지 내가 구형한 대로 판결이 났다.

나는 법이 제대로 집행되었다는 것에 만족했다.

물론 나머지 72명들은 각각의 이유로 법적인 잣대 때문에 감형이 되는 경우도 있었지만, 그 문제는 다시 항소를 하면 된다는 생각을 했다.

"재판장님!"

"검사, 항소할 겁니까?"

"예, 항소할 겁니다."

"알겠습니다. 예상했습니다."

그렇게 군산 사건은 일단락이 났다.

그래도 만족스럽다. 주범격인 10명이 전원 사형이 결정됐으니까. 물론 놈들도 항소를 할 것이다.

그럼 일부는 무기징역 정도로 감형이 될 수도 있다. 하지만 국민들과 중국 정부가 두 눈을 부릅뜨고 지켜보고 있으니 사형에서 무기로 감형이 되는 경우는 희박할 것이다.

'겨우 피라미만 끝냈네.'

나는 여전히 봉고차에 대해 내사를 하고 있었지만 그 봉고차의 행방과 진짜 이번 사건의 수괴는 오리무중이었다.

그렇게 모든 재판을 끝내고 법정에서 나오면서 핸드폰을 켰다.

제2장
굴러 온 똥에 대처하는 자세

"…부재중 34통화?"

이렇게 전화를 할 사람은 우리 은희밖에는 없다. 그런데 은희 번호가 아니었다. 이 정도면 폭탄이다.

"…뭐지?"

따르릉~ 따르릉~

—여보세요?

"아, 예, 선배님!"

—저녁 약속 있어?

"왜요?"

—박두선 위원이라고 알아?

"알기는 알죠."

고검장까지 역임했다가 정치를 하겠다고 출마를 해서 당선이 된 우리 학교 선배다. 권위 의식이 쩌는 분이신데, 국회의원 선거 때 국민들에게 여러분의 충실한 심부름꾼이 되겠다고 허리를 숙였다가 당선이 되니 바로 숙인 허리를 편 위인이다.

국회의원이 되면 사람이 빠르게 변한다는 말을 그대로 실천한 사람으로서, 그런 면에서 적응력 엄청 빠른 사람이었다.

─너 보러 온데.

어이가 없는 순간이다. 그리고 조명득이 내게 했던 말이 떠올랐다.

정치권에서 내게 관심이 있다는 말.

사실 중국에서 사건에 대한 입장 브리핑을 내놓지 않았다면 이 정도로 이슈가 되지 않았을 것이다. 그리고 또 유명세를 탄 일이 있었다.

최은희의 남자!

우리 은희가 공항에서 기자회견 비슷한 것을 했는데 거기서 이상형이 나라고 했나 보다.

정확하게는 나라고는 안 했는데, 언론을 타면서 나로 정해진 것이다. 그리고 나서 유명세를 더 탔다.

세계적인 최은희의 남자.

뭐 이런 걸로.

그때 뜬 댓글을 보면 거의 대부분 사귀라는 댓글이다.

─사귀라~
─잘 어울릴 것 같다.
─재벌 2세나 3세보다는 박동철 검사지~

이런 종류의 댓글이었다. 그런데 만약 그 네티즌들이 우리가 사귀는 것을 알면 배신감을 느낄지 모른다.

그러고 보니 우리는 8년 된 커플인데 지금까지 스캔들 한 번 나지 않은 것도 대단했다. 그 모든 것이 특수 분장 때문이다.

은희는 나를 만나러 올 때마다 특수 분장을 하고 왔다. 그러니 발각될 일이 없는 것이다. 하여튼 중국 순회 공연이 끝이 났으니 조만간 군산으로 올 것 같다.

아마 그때면 또 한 번 뜨거운 밤을 보내게 될 것이다. 나는 여전히 혈기왕성한 20대니까.

"어쩌죠."

―왜?

"저, 마산 가야 하거든요. 제사가 있거든요. 끊습니다."

마산 갈 일은 없다. 하지만 박두선 의원과 엮이기도 싫다.

정치?

관심 없다.

―너, 정말 정치 관심 없어?

선배가 말 돌리지 않고 물었다.

"저는 검사가 체질입니다. 끊습니다. 선배님! 홍어나 처먹이세요."

―처먹여?

"다시는 못 내려오게."

사실 군산에는 홍어가 그리 유명하지 않다.

지검장님이 하도 홍어를 좋아하셔서 공수해서 먹는 것뿐이다.

―알았다. 하여튼 나는 전달했다.

선배는 연락을 했다는 면피는 해야겠다는 투로 말했다.

"예, 선배님! 제가 간다고 했다고 하세요. 그럼 된 거잖아요."

"참 너는 신기해. 정치에 관심도 없는 놈이 왜 그렇게 판을 크게 까는지 모르겠다."

"오지랖이 넓어서 그럽니다. 끊습니다."

뚝!

나는 바로 전화를 끊었다.

"정치는 아무나 하나!"

절로 인상이 찡그려졌다.

"우리 은희가 보고 싶네……."

벌써 못 본 지 한 달이 넘었다.

그리고 사실 은희가 어떤 모습을 하고 올지도 궁금했다.

저번에는 흑인으로 분장을 하고 왔다.

하여튼 요즘 특수 분장은 정말 대단하다는 생각뿐이다.

따르릉~ 따르릉~

그때 다시 핸드폰이 울렸다.

34통이나 전화를 건 번호다.

"…박두선 의원이네."

나는 바로 핸드폰 배터리를 뺐다.

"내가 뭐라고 정치를 해!"

정말 정치할 사람이 이렇게 없나 보다. 나한테 다 전화를 하고.

*　　　　*　　　　*

"어떻게 이번 주말극 주연에서 제가 까일 수 있죠?"

연예기획사 대표실에 불려 온 미선은 기획사 대표의 말에 살짝 짜증 난다는 말투로 쏘아붙였다.

사실 미선도 최은희와는 비교할 수는 없지만 배우로 자리를 잡고 있었다. 기획사 대표의 적극적인 지원을 통해 단번에 스타가 된 케이스지만, 사실 자신의 능력보다 더 포장이 되어 있는 것도 사실이었다.

물론 그 이유는 오미선이 최은희의 절친이었고 최은희가 오미선을 적극 지원해 주라는 요구가 있었기 때문이지만 그 사실을 오미선은 몰랐다.

"배역 이미지가 안 맞는다네……."

"저는 청순가련이 아니라는 건가요?"

오미선이 기획사 대표에게 눈을 흘겼다.

"그런 의미가 아니고 우리 미선 씨야 연기를 잘하지. 하지만 이미 그 주말극 여배우는 내정되어 있다네."

"은희처럼만 신경을 써 주면 안 될 것이 없잖아요."

오미선은 언제부터인가 자신과 은희를 비교했다.

"신경이야 더 쓰고 있지."

사실 따지고 본다면 최은희는 신경을 쓸 것이 없었다. 최은희는 알아서 잘하는 스타일이니까.

그냥 최은희는 사고만 안치면 됐고, 기획사에서 신경을 써야 하는 것은 최은희가 가끔 치는 사고를 수습하는 거였다.

그에 비해 오미선은 그런 면에서는 모범생이었다.

하지만 은근히 세계적인 스타로 발전해 있는 최은희에게 자격지심을 가졌다.

"저, 9년 차 배우라고요."

꽃은 시든다. 그리고 여배우는 늙는다.

오미선은 현재 위기감을 느끼는 것 같다. 어느 정도 배우로 성공했지만 톱 배우라는 느낌이 들지 않았다.

그래서인지 기획사가 조금만 더 밀어주면 될 것 같은데 라는 생각을 하고 있었다.

하지만 연기라는 것이 그리고 인기라는 것이 밀어준다고 다 되는 것은 아니었다.

"알지. 영화하자. 드라마보다는 영화잖아. 칸 가야지."

오미선이 이럴 때마다 기획사 대표는 영화로 달랬다. 그리고 이건 기획사의 엄청난 비밀이지만 오미선이 출현하는 영화는, 특히 오미선이 주연하는 영화 제작의 자금 중 대부분은 최은희가 부담하고 있었다.

"칸요?"

"그래, 칸! 저번에는 못 갔잖아."

아니, 한 번도 간 적이 없었다. 하지만 기획사 대표는 계속 영화에 출현시키려고 했다.

"영화보다 드라마 주연 자리 따 주세요."

하지만 오미선은 계속해서 생떼를 부렸다.

"알았어, 알았다고."

따르릉~ 따르릉~

그때 기획사 대표의 핸드폰이 울렸고 힐끗 오미선을 봤다.

"저 나가 볼게요."

"그래."

"저 이번에 주연자리 못 따 주시면 다음 계약 때 다른 기획사로 갈지도 몰라요."

"알았다니까."

그렇게 오미선이 밖으로 나갔고 기획사 대표는 살짝 인상을 찡그렸다.

"쟤는 왜 자신을 저렇게 모를까?"

따르릉~ 따르릉~

계속 핸드폰이 울렸다.

"여보세요? 또 뭐하려고요?"

기획사 대표가 유일하게 존댓말을 하는 연예인은 최은희뿐이다.

─제가 뭘 해요?

"공항에서 제대로 사고 치셨던 것이 3개월 전이죠? 그러다가 폐지 줍는다고요!"

─우리 동철 씨, 돈 많이 벌거든요.

최은희가 하루에 버는 돈이 박동철이 검사로 평생 버는 돈보다 10배는 많을 것이다.

물론 박동철이 따로 버는 돈을 더하면 상황이 역전이 되어서 최은희가 버는 돈이 아무것도 아닌 것이 되겠지만 말이다.

"참, 두 사람 다 별종이라니까. 또 군산 내려가려고?"

─나이도 먹어 가는데 사고 조금만 쳐야죠.

"알았어요. 특수 분장 팀 보낼게요."

―고맙습니다.

"그런데 오미선 씨가 자꾸 신경이 쓰이나 보네."

―뭔 신경이 쓰인다는 거죠?

"친구하고 급이 달라지니까 자꾸 신경이 쓰이나 봐요."

―그럼 팍팍 지원해 주시면 되죠.

"영화를 해도 안 되고, 드라마도 안 되고… 방법이 있어야지. 그리고 연기력이……."

―아시죠? 미선이가 딴 기획사로 가면 저도 가는 거.

"그러니까요. 알았습니다. 알았어요. 이번에 '광안리'라고 제대로 나온 시나리오 하나 있는데, 거기 투자해서 주연 자리 내놓으라고 하지 뭐. 내정된 배우가 하지은인데……."

―남자 주연은 누군데요?

"천만 설경규고."

―그럼 되겠네요.

"그리고 이번에도 안 되면 안 되는 거야! 나도 더는 몰라 !"

―그건 대표님이 하실 일이고요.

"은희 씨……."

―왜요?

"연기가 되어야지 연기가……."

―알아서 하세요. 저는 군산 가요.

"아이고 두야~"

그저 머리가 아픈 연예기획사 대표였다.

*　　　　*　　　　*

고급 한정식 식당은 기생만 없었지 딱 옛날 요정 분위기였다.

박두선 의원이 상석에 앉았고, 서울대 법대를 졸업한 법조계 인사들이 모두 박두선 의원 때문에 모였다.

어떤 사람은 박두선 의원에게 잘 보이려고 왔고, 또 어떤 법조인은 마지못해서 왔다.

"우리 학교 후배님들이 이 군산을 꽉 잡고 있네."

물론 군산에서만 온 것은 아니었다. 광주와 목포에서도 왔다.

"그렇습니다. 지검장님과 부장검사님 그리고 요즘 스타가 된 박동철 검사까지 군산은 꽉 잡고 있죠."

박두선 의원의 비위를 맞추기 위해 평검사 하나가 아부를 하듯 말했다.

"거기다가 대선배님까지 오셨으니 화룡점정을 찍은 것 같습니다. 하하하!"

"화룡점정? 하하하! 이 후배, 말을 참 재미있게 하네. 그런데 박동철 검사가 안 보이네."

"아직 안 온 것 같습니다."

군산 변호사 협회의 회장이 박두선 의원의 눈치를 보며 말했고 박두선 의원이 지검장을 봤고, 지검장은 다시 평검사를 봤다.

"온다고 했습니다. 사건 마무리가 좀 길어지나 봅니다."

"확실히 와요?"

"저한테 꼭 참석한다고 했습니다."

물론 지금 온다고 말한 평검사는 박동철이 참석하지 않겠다고 했던 말을 들었다.

하지만 선배는 온다고 말해 면피하라고 했기에 그대로 말한 것이다.

물론 지검장은 그 사실을 알고 있지만 모르는 척을 했다.

"원래 나랏일 하는 사람들이 바빠요. 나도 바쁘고 하하하! 그렇지 않습니까? 지검장."

"그렇죠. 선배님! 참 바쁘시죠. 정치하시느라 정말 바쁘신 와중에 이 소도시까지 와주셔서 감사합니다."

"하하하! 내가 바빠도 후배들 챙겨야죠."

사실 이 자리에서 박두선 의원이 박동철을 만나러 왔다는 것을 모르는 사람은 없었다.

그리고 자리에 참석한 사람들은 내기를 했다.

꼴통 박동철이 이 자리에 참석을 하느냐, 안 하느냐로.

"그러시죠. 홍어 좋아하십니까?"

"홍어요?"

"예, 박 검사가 홍어를 엄청 좋아합니다. 선배님 오신다고 하니까 미리 준비를 했습니다."

"박 검사가?"

박두선 의원의 표정이 밝아졌다.

"예, 그러고 보니 선배님도 박 씨고, 박동철 검사도 박 씨네요."

"하하하! 그렇지. 나는 고령 박씨야 고령 박씨!"

"그렇습니까? 박동철도 고령 박씨라고 들었습니다."

"그래? 그러니까 스타 검사가 되지. 우리 집안이 암행어사 박문수가 나온 집안이야!"

학연에 지연까지 더 하면 최고라는 생각이 드는 박두선 의원이었다. 그리고 지금은 모든 정치권에서 박동철에게 러브콜을 보내고 있기에 박동철과 가까울수록 좋다는 생각을 했기 때문에 있는 말, 없는 말을 더해 연을 대려고 했다.

그렇게 술자리를 익어가고 있었고, 시간이 지날수록 박두선 의원은 박동철을 이름을 말하는 시간이 많아졌고 지검장과 검사들은 그 자체가 죽을 맛이었다.

"일이 너무 많네. 멀리서 왔는데……."

"곧 올 겁니다."

"전화 한 번 해봐."

지검장이 평검사에게 말했다.

"야근 그만하고 오라고."

"예, 지검장님!"

"그러지 말고 지검장이 직접 해봐요."

"제가요?"

"서울에서 군산 멀잖아."

슬슬 짜증을 부리는 박두선 의원이었다.

"예, 선배님!"

지검장은 짧게 대답을 하고 자리에서 일어났다.

"어디 가는데?"

"담배라도 피면서 전화하겠습니다."

"고검장~ 잘 좀 합시다."

박두선 의원이 군산 지검장을 다시 고검장이라고 불렀고, 순간 지검장은 박두선 의원의 아가리를 찢어버리고 싶었다.

하지만 세상이 다 생각하는 그대로 행동할 수 없다는 것을 지검장은 누구보다 잘 알고 있었다.

꼴통 박동철이 아니라면 말이다.

"예, 그래야죠. 드시고 계십시오."

"그럽시다. 선배가 후배 얼굴 보기 참 어렵네."

벌써 몇 시간째 술판이 이어지고 있었다. 그리고 다른 사람들에게는 술판이 아니라 지루한 고문의 시간으로 변해 있었다.

따르릉~ 따르릉~

전화기를 꺼놨던 박동철의 핸드폰이 울렸다.

"좀 받아라! 새끼야~ 짜증 나 죽겠네."

지검장은 담배를 뻑뻑 피우고 있었다.

딸칵!

─왜 전화를 하셨습니까?

"너 어디야?"

─마산입니다.

"입에 침이나 바르고!"

─아직돕니까?

"날을 샐 모양이다. 와라! 와서 정리를 좀 해라. 나도 그런데, 다른 네 선배들은 너를 생각하면서 이를 갈고 있다. 이건 무슨 네 말대로 기승전박동철이냐?"

─에이… 정치꾼들이랑 엮이기 싫은데요.

"꾼?"

─꾼이죠. 꾼!

"하여튼 고령 박씨들 질기네. 너 올 때까지 저 지랄을 할 것 같다."

―고령 박씨예요?

"그렇다네."

―고령 박씨 항렬로 우리 집이 항렬이 엄청 높은데!

"촌수는 와서 따지고. 바로 와? 몇 분이면 돼?"

―에이 씨… 괜히 전화를 켜냈다니까. 알겠습니다. 제가 싼 똥은 아니지만 저 때문에 굴러 온 똥이니까 제가 치우겠습니다.

뚝!

그렇게 박동철이 전화를 끊었다.

                    *   *   *

스르륵!

문을 열고 들어섰을 때 목 빠지게 모두가 나를 기다리고 있었다는 것이 느껴졌다. 그리고 일부 인원들은 왜 이제야 왔냐는 원망 가득한 눈빛으로 나를 째려봤다.

"오~ 박 검사!"

박두선 의원이 자리에서 일어나 나를 맞이했다.

분명 튀는 행동이다. 아마 나를 정치권으로 영입하기 위해 특명을 받고 온 것 같다.

여기까지 오면서 이것저것 알아봤다. 물론 조명득을 통해서 알아본 거지만 말이다. 그리고 조명득은 '끝내 거기 가네?' 라고 말하며 정말 정치에 끼어들지 않을 거냐는 뉘앙스로 말했다.

그리고 나는 굴러 온 똥 치우러 간다고 말했다.

'뒤통수를 팍 한 대 후려갈겨 주마.'

저런 정치인은 완전 밥맛이다.

"예, 박동철입니다."

나는 바로 허리를 숙였고 박두선 의원은 나를 힘껏 안았다.

"내가 스타 검사를 다 보네요."

제일 듣기 싫은 말이 스타 검사다.

검사는 그냥 검사지, 스타가 아니다.

연예인도 아닌데 스타라는 단어가 붙는 것이 제일 싫다.

사실 지금까지 스타 검사가 몇 있었다. 그리고 스타 법조인도 몇 있는데, 그런 사람들은 결국 정치를 했고, 스타라는 딱지를 달면 정치 입문, 이런 공식이 성립이 되어 시기와 질투의 대상이 됐다. 그리고 그들의 표현으로 나대면 정치에 관심이 있어서 그러는 줄 안다. 그리고 유 선배는 이미 정치에 입문을 해서 여당 쪽 부대변인을 하고 있다.

"제가요? 아닙니다."

"앉자고요. 앉아요."

"예, 선배님!"

"그렇죠. 여기는 동문회나 마찬가지니까!"

그렇게 나는 박두선 의원의 옆에 앉았고 눈치 빠른 선배들은 이곳에서 자신이 얻을 것이 없다는 것을 아는 듯 빠져나갈 구실을 대면서 이탈했다.

사실 내가 오기 전까지는 그냥 가면 한소리 들을 것 같아서 못 나갔는데, 내가 왔으니 가능한 일이었다.

"저는 마누라가 갑자기 복통이 났다고 해서 가 봐야겠습니다."

전북 지역 변협 대표가 자리에서 일어났고 박두선 의원은 그런 선배에게 눈길 한 번 주지 않았다.

"몸조리 잘하라고 하세요."

그렇게 하나둘 자리에서 이탈을 했다.

그리고 마지막에는 지검장이 나가지 못하니 검사들과 일부 법조인뿐만이 남았다.

"박 검사, 정말 조사 시원시원하게 하데요. 박 검사 때문에 겨우 외교부랑 청와대가 체면치레를 했어요."

개소리다.

중국에서 사건에 대한 입장을 발표했고, 외교적인 문제 때문에 사용한 몇 가지 대화 때문에 저러고 있는 것이다.

"저는 지검장님이 지시한 그대로 움직였을 뿐입니다."

"그렇죠. 하하하! 지검장도 대단합니다. 그래도 박 검사의 뚝심이 없었다면 이번 일은 해결하지도 못했어요."

나 스스로는 아직 아무것도 해결한 것이 없다고 생각을 하는데, 정치권은 이번 사건이 마무리가 됐다고 보는 것 같다.

물론 사건은 오리무중으로 빠져 있지만 말이다.

'봉고차의 주인을 찾아야 하는데……'

또 사건이 떠오른다. 하지만 지금 내가 해야 할 일은 나 때문에 굴러온 저 똥을 치워야 했다.

"박 검사, 왜 검사 됐어요?"

"예?"

"왜 이렇게 능력 있는 사람이 검사질을 하는지 궁금해서!"

자기도 검사질을 해놓고 저딴 소리를 하고 있다.

결국 국회의원이 되기 위해서 검사를 했다는 것이다. 그것도 고검장까지 했다는 것이다.

"정의 구현이죠."

"하하하! 좋은 말이죠. 정의 구현! 하지만 검사로는 정의를 구현하는데 한계가 있죠. 나도 박 검사 마음 잘 압니다. 내가 그랬으니까요. 할 수 있는 것은 한계가 있고, 해야 하는 일은 많고… 그래서 괴리감에도 빠지고 그렇게 젊은 때를 보냈죠."

사기꾼들과 국회의원의 공통점은 몇 가지 있다.

말이 많다는 점.

처음에는 간, 쓸개 다 빼줄 것 같다는 점.

그리고 뭔가를 취하면 코빼기도 안 보인다는 점.

박두선 의원은 그런 측면에서 말이 많아졌다.

'말하는 게 딱 사기꾼이네.'

문제는 저런 사기꾼 기질이 강한 사람이 공부를 잘해서 검사가 됐고, 또 성과를 보이면서 국회의원이 됐다는 것이다.

사법시험을 개천에서 용이 나는 곳이라고 표현한다. 그런데 그렇게 용이 되고 나서 사람이 싹 달라진다.

용이 되어버려서 그런지는 모르겠지만 자기가 살던 개천을 개무시한다. 그래서 개천은 그대로고 용도 개천을 잊어버린다.

"선배님! 제가 술 한 잔 말겠습니다."

원래 검사는 말술이다. 이건 또 조폭과 비슷하다.

검사도 말술이고 조폭도 말술이니까.

술 없이는 못 사는 사람들인 것이다.

"좋죠. 한 잔 후배가 마는 거 먹어 봅시다."

똥을 치우러 왔다.

그러니 똥이 맨 정신이면 안 된다.

나는 바로 폭탄주를 말았고, 박두선 의원에게 내밀었다.

"여기 있습니다. 선배님!"

"후배님은?"

"저도 마셔야죠."

술이라는 것이 그렇다. 처음에는 사람이 술을 마시지만 나중에는 술이 사람을 마신다.

그리고 술이 사람이 되고 사람이 술이 된다.

"러브 샷? 어때요?"

사랑하는 사이도 아닌데 별 지랄을 다 한다.

'…야당도 참 사람이 없네.'

나를 포섭하려고 왔다면 그럴듯한 인물을 보내야지, 내가 제일 싫어하는 스타일의 국회의원을 보냈다.

그냥 법조인이고 같은 학교 나왔으니 보낸 거다.

이렇게 계획이 없고 비전이 없으니 계속 형편없는 여당에 밀려 야당만 하는 것 같다.

"좋습니다. 러브 샷!"

취하기 전까지 밀어주면 된다. 그리고 취하면 골로 보내면 된다.

짝!

바로 폭탄주를 서로 부딪치고 러브 샷을 했다.

"캬~ 후배님이 주시는 술이라 더 맛나네."

"한 잔 더 올리겠습니다."

조명득의 말에 의하면 박두선 의원은 술고래고, 또 여자를 좋아한단다. 그러니 술로 보낼 생각이다.

그렇게 몇 잔을 연거푸 마셨다.

'술고래네.'

"한 잔 더 말아 봐!"

살짝 취기가 오르는지 이제는 후배님이 아니라 후배다. 몇 잔 술에 친해졌다고 생각을 하는 모양이다.

"예, 선배님!"

나는 바로 폭탄주를 다시 말았다.

보통의 폭탄주는 맥주 베이스에 양주를 탄다. 하지만 나는 이제부터 내 식으로 폭탄주를 제조할 참이다.

양주 베이스에 맥주를 탈 참이다.

그것도 박두선의 폭탄주에만.

"여기 있습니다. 선배님!"

"박동철이!"

이제 대놓고 박두선 의원은 내 이름을 불렀다.

"예, 선배님!"

"검사로 세상을 바꿀 수는 없어. 검사가 강하게 법을 집행할 수 있게 법을 바꿔야지."

술 취하면 모두가 개소리를 하는데 평상시에 개소리만 해서 그런지 술에 취하니 옳은 소리를 했다. 하지만 믿음이 안 간다.

"옳으신 말씀이십니다."

"같이 정치하자. 썩은 이 대한민국을 같이 바꾸자."

누구 때문에 이 대한민국이 이렇게 썩고 있는지도 모르면서 대놓고 나랑 정치를 하자고 말했고, 그 말에 지검장님이 답답하다는 듯 짜증스러운 표정으로 마시던 술을 내려놓고는 주머니에서 담배를 꺼내 피우셨다.

"담배 하나 피우겠습니다. 선배님!"

"피워! 피워! 나, 그렇게 권위적인 사람 아니야. 참 세월 좋아졌네. 예전에는 지검장이 고검장 앞에서 담배질 못 했는데."

저래서 싫다.

"하하하! 그랬던 시절이 있죠."

"피워! 박동철이!"

"선배님! 선배님을 위해서 만들었습니다."

나는 웃으면 제조법이 다른 폭탄주를 내밀었다.

"좋지, 아주 좋아."

바로 박두선 의원이 폭탄주를 들이켰다. 저렇게 몇 잔 더 마시면 쫙 뻗을 것이다.

"캬! 박동철이가 만들어준 술은 참 맛있네. 역시 우리 고령 박씨가 뭘 해도 잘해."

"어, 본이 밀항이십니까? 딸꾹!"

나는 살짝 취한 척을 했다.

"고령 박씨지. 박동철이, 너는… 너도 고령 박씨라면서?"

"예, 저도 고령 박씨입니다. 선배님은 무슨 파십니까?"

"후성 공파 28대손! 너는?"

박두선 의원이 나를 빤히 봤다.

'너 딱 걸렸어.'

"이거, 완전 연이 있나 봅니다. 저도 후성공파입니다."

"그래? 우리 종친이네, 종친! 내 이럴 줄 알았다니까. 이러니까 일을 잘하지. 암행어사 박문수 알지? 우리 할아버지 하하하! 후성공파 몇 대손이야?"

"저는 26대손인데……."

내 말에 지검장이 담배를 피우시다가 피식 웃으셨다. 이제 제대로 꼴통 짓을 하겠구나! 생각이 드시는 모양이시다.

"아오… 좀 취하네."

"뭐?"

"가만! 이게, 이게, 이게 아니네. 내가 지금 손자 술시중을 딸꾹! 시중을 하고 있었네."

순간, 바로 돌변했다.

"우리 집안이 이렇게까지 콩가루였나?"

"박동철이!"

그때 지검장이 나를 불렀다.

"예~ 지검장님!"

나는 일부로 취한 척을 했다.

"너, 지금 취했다. 그만 마셔라."

"예, 지검장님! 폭탄주가 좀 세네요."

"새끼, 아까 양주에 맥주를 타더니 맛이 갔네."

지검장님께서 훈계를 하듯 말했다.

"예, 지검장님~"

나는 살짝 혀 꼬부라지는 소리를 하다가 박두선 의원을 봤다.

"이 자슥이 아직도 그대로 앉아 있네~"

퍼어억!

"으헉!"

나는 손바닥으로 박두선 의원의 뒤통수를 후려쳤고, 박두선 의원은 놀라 나를 봤다. 아직 술이 덜 취한 것 같다. 그러니 저렇게 황당한 표정을 지어보이는 걸 것이다

"아부지 뭐 하시노?"

"박, 박동철……."

"이 자슥이! 할아버지 함자를 함부로 부르네. 느그 아부지 뭐 하고 사냐고 물었다!"

나는 버럭 소리를 질렀다. 이제는 취한 척을 하는 것이 아니라 취해야 한다.

"할아버지뻘 사람이 묻는데 대답도 안 하고 이거!"

"제 부친께서는 은퇴를 하시고……."

"낙향했나?"

나는 다시 취한 척을 하고 손을 들어 올렸고 내게 뒤통수를 한 대 강하게 맞아서 그런지 박두선 의원이 화들짝 놀랐다.

"예, 그렇습니다."

바로 존댓말로 변했다.

"아들 잘 낳았네. 딸꾹~"

"박동철이! 정신 안 차릴래?"

지검장님의 연기력이 이렇게 뛰어나신지 오늘 처음 알았다. 물론 내 연기도 엄청나지만 말이다.

"딸꾹~ 안 취했습니다. 박두선이!"

"…예."

박두선이 내 눈치를 보다가 예라고 마지못해 대답을 했다.

그 답을 안 했다면 나는 다시 취한 척을 하면서 뒤통수를 후

려쳤을 것이다.

"앞으로 나한테 대부님이라고 불러라. 알았나?"

"예?"

"대부님~ 대부님 해봐."

잠시 박두선 의원이 나를 봤다. 마치 저게 정말 취했나? 안 취해나? 확인하는 것 같다.

"해봐!"

나는 버럭 소리를 질렀다. 그 순간 정말 취하지 않고서는 자신한테 이러지 못할 거라는 생각이 들었는지 살짝 인상을 찡그렸다.

"자쏙~ 해봐~"

"대, 대부님!"

"그래. 앞으로 나를 대부님이라고 불러라. 그런데 네 아부지가 비싼 밥 먹고 대부님 앞에서 양반 다리 하고 앉아 있으라고 가르치더나?"

퍼어억!

나는 다시 한 번 손바닥으로 박두선 의원을 뒤통수를 후려깠다.

"이 자슥~ 가정… 딸꾹~ 으으윽, 취한다. 가정교육을!"

"박동철이!"

지검장이 버럭 소리를 질렀고, 마지못해 앉아 있는, 아니, 이제는 넋이 나가 있는 평검사 선배들에게 눈치를 주면서 나를 일으켰다.

"지검장님~ 알라뷰~"

"야! 너, 오늘 왜 이래?"

"아휴~ 저 안 취했습니다. 지검장님~ 알라뷰~"

내 취한 연기에 박두선 의원이 인상을 찡그렸다. 그렇게 나는 한정식 룸에서 끌려나왔다.

"속이 시원하십니까?"

"야~ 나중에 어떻게 하려고?"

밖으로 나오자마자 내가 씩 웃으며 말하자 지검장은 박두선 의원이 내일 술 깨고 나면 어떻게 하려고 그러냐는 눈빛으로 물었다.

"내일부터 안 보면 되죠. 히히히!"

"야, 그런데 너, 정말 26대 손이야?"

"예, 26대손 맞는데요. 밀양 박씨 26대 손입니다."

"뭐?"

지검장님께서 어이가 없다는 듯 나를 봤다.

"마지막으로 한 번 더 질러야죠."

"뭐?"

"야~ 박두선이~ 대부님이랑 2차 가자! 어서 나온나~"

나는 버럭 소리를 질렀다.

"이 또라이 자슥아!"

"속은 시원하시잖아요. 하하하!"

"…정말 정치에 관심 없나?"

"예."

"너는… 하여튼 너는 정말 별종이다."

벌컥!

그때 박두선 의원이 문을 열고 비틀거리며 다른 평검사 선배들의 부축을 받으며 나왔다.

"으으으… 취한다."

취한 놈과 취한 척을 하는 놈이 있다.

"호텔에 모셔 드려라."

"예, 지검장님!"

그렇게 박두선 의원은 내게 뒤통수를 두 대 맞고 호텔로 실려 갔다.

"지검장님!"

"왜, 이 꼴통아!"

"2차 가시죠."

따르릉~ 따르릉~

"그럴까?"

그대 내 핸드폰이 울렸다. 전화를 건 사람은 은희였다.

"죄송합니다."

"뭐가?"

"…2차는 다음에 마셔야겠습니다."

"무슨 일인데?"

"비밀입니다. 하여튼 지검장님~ 알라뷰입니다."

나는 바로 신발을 신고 뛰어나갔다.

지이잉~

딩동!

[뉴타운 모텔 528호]

드디어 은희가 왔다. 술도 마셨는데 은희가 왔다. 오늘은 뜨거운 밤이 될 것 같다.

"저 새끼는 확실히 또라이라니까."

지검장이 피식 웃어버렸다.

"숨겨놓은 애인이라도 있나?"

역시 늙어도 검사의 촉은 남달랐다.

*　　　　*　　　　*

호텔 룸.

"으으으 취한다."

박두선 의원은 호텔로 오면서 확실히 술에 취해 맛이 간 것 같다.

"의원님 괜찮으십니까?"

"으으으 취해……."

"완전히 취했네. 눕히고 가자고."

"예, 선배님!"

그렇게 평검사 둘이 박두선 의원을 호텔 룸에 눕히고 호텔을 빠져나왔다. 그때까지 엄청난 일이 일어날 거라고 아무도 생각하지 못했다.

"으으으 여기가……."

잔뜩 취한 박두선 의원이 잔뜩 취한 눈으로 주위를 두리번거렸다가 전화기를 발견하고 수화기를 들었다.

─무엇을 도와드리면 되겠습니까? 고객님!

호텔 남자 직원이 전화를 받았다.

"여자 한 명… 올려 보내.

—예?

"올려 보내라고~

—예?

"아~ 죽겠네. 아아아~ 죽겠네."

뚝!

그리고 술에 취해 박두선 의원은 전화기를 떨어뜨렸다.

"뭐지?"

"왜 그래요? 지배인님!"

호텔 안내 데스크에서 전화를 받았던 직원에게 후배 직원이 물었다.

"어떤 미친 또라이가 여기가 모텔인 줄 아나 봐."

"예? 무슨 말씀이세요?"

여자 후배 직원이 요상한 눈으로 봤다.

"아니다. 네가 알겠냐? 쩝!"

남자들만 아는 것이 있다. 모텔에는 발이 있고, 그런 여자들을 여관발이라고 부르는 것을.

"하여튼 또라이가 왔어!"

*　　　　*　　　　*

넓은 오피스텔에는 마치 게임 작업장처럼 수십 대의 컴퓨터와 모니터가 설치가 되어 있었는데, 수십 명이 모니터를 뚫어지게 보고 있었다.

그리고 모니터를 뚫어지게 보는 사람들의 옆에는 각자의 취향에 맞게 어떤 사람은 다 마신 커피가 가득 쌓여 있고 또 어떤 사람 옆에는 담배꽁초의 산이 쌓여 있었다.

—…또 까였어. 내가 왜 주말극 여주인공을 못 해?

조명득은 소파에 앉아 미선의 전화를 받고 있었다.

"영화 한다며?"

—영화는 하지. 광안리라고, 내가 주인공 됐어.

미선은 퉁명스럽게 말했다.

"영화가 잘되면 되지."

—그래도 드라마 주인공 하고 싶단 말이야~

미선은 투정을 부렸다.

그리고 살짝 최은희에 대해 시기도 했다.

친구라고는 하지만 최은희가 승승장구하는 모습이 부러운 것이다.

"하게 될 거야."

—그럼~ 해야지. 내가 이번에 드라마 주연 못하면 기획사 바꾼다고 대표한테 엄포를 놨어.

미선의 말에 조명득이 살짝 인상을 찡그렸다. 은희와 박동철만 모르고 있는 사실 하나가 미선이 이렇게 뜬 것도 따지고 보면 최은희의 후광과 지원 때문이었다.

조명득은 그것을 잘 알고 있었다.

"잘했어. 거기 말고 다른 곳에서 우리 자기가 가면 최고 대우를 받지."

—그러어엄~ 언제 와?

"날 잡아서 가야지."

—내려갈까?

미선이 보고 싶다는 투로 말했다.

"올래?"

—가다가 스캔들 뜨면 어떻게 해?

"그것도 그러네."

—우리 자기 나중에 내가 잘 먹여 살리려면 지금 바짝 벌어야
해.

"하하하! 나중에 너 덕을 보겠네."

—그러어엄~ 내가 잘돼야지. 호호호! 하여튼 영화에서는 내
가 주연이야.

자랑 반 투정 반으로 전화를 하는 미선이었다.

"실장님!"

그때 모니터를 보던 남자가 조명득을 불렀다.

"바쁘네. 나중에 또 통화하자."

—으응~ 우리 자기, 사랑해.

"나도!"

조명득은 전화를 끊고 남자가 부른 곳으로 다가갔다.

"이 여자 아닙니까?"

정지한 CCTV 동영상에는 여자 한 명의 얼굴이 떠 있었다.

"…찾았다."

조명득은 박동철의 부탁으로 강솔미를 찾고 있었다. 아니, 더
정확하게 말하면 강솔미의 옆에 있는 남자를 찾고 있었다.

그리고 조명득 역시 강솔미 주변에 있던 남자들이 감쪽같이 사라지고 있기에 찾을 수 없어서 오기로 찾고 있었다.

"빙고~ 여기 어디죠?"

"군산입니다."

"뭐요?"

순간 조명득이 멍해졌다.

"…언제 동영상인데?"

"두 달 전 동영상입니다."

"2달 전에 이 여자가 군산에 있었다고?"

"예, 여기가 군산 터미널입니다."

순간 조명득의 촉이 빠르게 움직였다. 물론 그 촉이 어떤 방향으로 움직이는지는 조명득도 알 수가 없었다.

"지금부터 3달 전부터 군산 터미널 CCTV 다 확인해서 강솔미를 찾아요."

조명득은 바로 지시를 했고, 수십 대의 컴퓨터 앞에 있던 모니터요원들이 일제히 군산 터미널 CCTV를 다운 받아서 모니터링을 시작했다.

*   *   *

"여기는 냄새부터 안 좋다니까."

강솔미가 두 달 만에 다시 군산 터미널에 왔다.

물론 그녀와 그녀의 옆에 있는 기둥서방이 이 군산으로 다시 온 이유는 몰래카메라를 회수하기 위함이었다.

"좀 걸렸을라나?"

남자는 강솔미의 옆에 바짝 붙어서 말을 했다.

"당연하지. 대한민국은 변태들의 세상이잖아. 돈 좀 될 놈이 걸렸으면 좋겠다."

"호텔부터 잡아야지?"

"그래야지."

"빨리 가자! 자꾸 여기만 오면 마음이 급해지네… 흐흐흐!"

모텔 복도 앞.

분명 저 모텔 안에 은희가 있을 것이다. 어떤 모습을 하고 있을지 궁금하다.

'저번에는 뚱뚱한 흑인 아줌마였는데…….'

요즘 은희를 만날 때마다 그게 더 궁금해진다.

특수 분장이 얼마나 더 발전했는지 시시각각 내 눈으로 확인하고 있으니 말이다. 이래서 우리가 연애를 하는 것을 들키지 않는 거겠지만 말이다.

철컥!

문이 잠겨 있었다.

그리고 곧, 조심히 문이 열렸다.

"들어와!"

목소리는 분명 은희인데 이번에는 남자의 얼굴이다.

"정말 대단하네."

"들어와서 놀라시지."

남자로 특수 분장을 한 은희가 내 멱살을 잡아 당겼고 나는 모텔 안으로 들어서면서 버릇처럼 문을 잠갔다.

그리고 바로 은희가 특수 분장도 지우지 않고 내게 기습 키스를 퍼부었다.

'기분 참 묘하네.'

분명 은희라는 것을 아는데 그 모습이 특수 분장 때문에 남자라서 묘했다. 마치 나도 모르게 내가 호모처럼 느껴지는 순간이다.

"은… 은희야!"

"왜? 우리 자기~"

"정리 좀 하고 어떻게 안 될까?"

기분이 이상하게 더러웠다.

경험해 보지 않은 사람은 모를 것이다. 분명 저 속은 내 애인 은희가 분명한데, 겉은 남자의 모습을 하고 있으니까.

"이상해?"

"남자는 좀 그렇잖아."

"그러네."

은희는 나를 보며 씩 웃었고 그 모습은 남자가 야릇한 눈빛으로 다른 남자를 보며 웃는 것 같다.

그리고 바로 특수 분장 가면을 뜯어냈고, 드디어 그렇게 기다리던 내 은희가 나왔다.

"술 마셨어?"

"똥 좀 치우느라고."

나는 박두선 의원이 떠올랐다.

"똥?"

"그런 것이 있다."

"우리 자기, 검사님 하시느라 고생이 많으시네."

"별로!"

"나는 예전에 우리 자기가 검사가 된다고 했을 때 또라이가 헛소리한다고 생각했어."

아마 나를 처음 만났을 때 그 시점인 것 같다.

"또라이?"

"또라이잖아. 전교 꼴등이 검사가 되겠다고 하니까. 호호호!"

"그렇지. 그때나 지금이나 또라이 소리 듣고 사네."

"호호호! 우리 또라이, 이렇게 사랑스러워서 어쩌냐?"

은희가 내게 달려들었다. 특수 분장 가면을 벗겨내니 고무 냄새가 났지만, 그 고무 냄새 속에서도 은희의 살냄새가 느껴졌다.

따르릉~ 따르릉~

그때 은희의 핸드폰이 울렸고 은희가 본능적으로 나를 밀치고 바로 일어나 공손한 자세를 전화를 받았다.

'뭐지?'

순간 은희의 저런 모습이 당황스러운 순간이었다.

"예, 어머니~"

은희가 갑자기 며느리 모드로 돌변했다.

—우리 아가, 어디냐?

엄마는 은희를 아가라고 부르는 모양이다. 그리고 은희가 지금 받고 있는 핸드폰은 핫라인이라는 생각이 들었다.

그러니 바로 벨소리를 듣고 저러는 것 같다.

"군산이에요. 어머니~

목소리에서 알랑방귀가 느껴진다.

―군산? 동철이 옆에 있냐?

"예, 어머니!"

―그 자식은 왜 집에 전화도 한 통 안 하냐고 그래라~

"바꿔 드릴까요? 호호호!"

―됐다. 내 아들 아닌 지 오래된 것 같다. 그런데 은희야!

"예, 어머니!"

―언제 결혼할래?

"저야 바로 하고 싶죠.

은희가 엄마와 통화를 하면서 눈을 흘겼다. 결국 은희와 결혼하지 않고 있는 것은 내가 미루고 있기 때문인 것이 되는 순간이었다.

―날 잡아야지. 너희 벌써 28살이다.

28살이면 아직 어린데 엄마는 벌써 결혼 타령이시다.

그것도 전 세계 남자들의 로망이면서 희망인 세계적인 스타인 최은희에게 결혼 압박을 넣고 계셨다

"예, 날 잡고 싶어요. 그런데 우리 자기가 나랏일 하느라 바빠서요. 저야 바로 그만두면 되는데 바쁘다네요."

―내가 날 잡으마!

"예, 어머니~

아부의 끝을 보여주는 은희다. 그런데 엄마의 날 잡는다는 소리에 은희의 눈동자가 반짝였다.

정말 나랑 결혼하고 싶은 모양이다.

―그리고 동철이한테 전해라. 내 아들 아닌 지 오래됐지만 전

화는 좀 하라고~

"예, 어머니~"

─군산이라니까 좋은 밤 보내라. 요즘은 결혼식에 손자는 옵션이란다. 호호호~

"예, 어머니~"

그리고 엄마와 은희의 통화가 끝이 났다.

"우리 자기, 아주 바짝 엎드리시네~"

살짝 농담을 해봤다.

"원래 고부 갈등이 없으려면 한쪽에서 바짝 엎드려야 하네요."

정말 내가 여자 하나는 잘 얻은 것 같다.

아마도 내가 회귀하기 전에는 조폭이었지만 전생에는 나라를 몇 번은 구한 모양이다.

저렇게 사랑스러운 여자가 이번 생의 내 여자이니 말이다.

"우리 자기, 알라뷰~"

내가 오늘 알라뷰만 몇 번을 연발하는지 모르겠다. 하지만 지금 날리는 알라뷰가 최고인 것 같다.

"이리와 우리 짐승 호호호!"

이제부터 본격적인 뜨거운 밤이다.

제3장
모텔에서 보물찾기

오피스텔.

"실장님!"

50명이 넘는 모니터 요원이 결국 모니터 속에서 강솔미를 찾았다.

"왜요?"

"이틀 전에 강솔미가 남자 하나랑 군산 터미널로 들어온 것 같습니다."

모니터 요원의 말에 조명득이 씩 웃었다.

"나간 흔적은?"

"없습니다."

"자동차로 군산을 빠져나가지 않았다면 군산에 있다는 거네."

"그렇습니다."

"군산역 CCTV는?"

"확인 중에 있습니다. 하지만 오늘까지 영상에는 없습니다."

"자동차만 아니면 군산에 있다는 거네."

"예, 그런 것 같습니다."

남자의 대답에 조명득은 바로 오 수사관에게 전화를 했다.

"오 수사관님!"

―왜, 뭐 찾았어?

"실마리 하나를 찾은 것 같습니다."

―그래?

오 수사관의 눈동자도 반짝였다.

물론 오 수사관은 강솔미에 대해서 아무것도 모르고 있었다.

그리고 사실 조명득도 강솔미에 대해서는 아는 것이 꽃뱀이라는 것 밖에 없었다.

"자료 전송하겠습니다. 군산에 있는 CCTV 확인 요청 부탁드립니다."

과학기술이 발달해서 실시간으로 CCTV로 교통정보를 확인하고 모니터를 했다. 물론 서울이 아닌 군산이기에 설치되어 있는 실시간 CCTV의 수량은 적었지만 말이다.

―알았어. 실마리를 하나 잡았다고 하니 의욕이 생기네.

조명득도 의지의 한국인이지만 베테랑 수사관인 오 수사관도 오기가 생기고 있었다.

그렇기에 실마리라고 하니 힘이 생겼다.

"잘 부탁드립니다."

―알았다고.

    *   *   *

호텔 룸.

"으으으~"

술에 취해 잠이 들었던 박두선 의원은 목이 타서 깼고 호텔이
라는 것을 알고 인상을 찡그렸다.

"…내가 여기 왜 있나?"

그러면서도 아직 취기가 다 빠지지 않아서 그런지 자꾸 여자
가 생각이 났다.

"군산까지 왔는데 혼자 이렇게 이런 방에 있네……."

남자가 욕망이 떠오를 때 자신의 위치를 잃는 경우가 많다.

그리고 이곳은 군산이기에 서울과는 다를 거라는 생각을 했
다.

원래 그렇다.

자신이 생활하던 곳에서 벗어나면 일탈이라는 생각을 하게
되고 다른 마음이 생긴다.

"으음……."

그리고 입고 있던 옷도 그대로라서 그냥 밖으로 나갈까 하는
생각이 들었다.

하여튼 욕망 때문에 인생을 망치는 남자가 많다.

그리고 그 욕망을 이겨내지 못하는 남자들이 대부분이다. 그
렇게 박두선 의원은 호텔을 빠져나왔다. 그리고 거리를 배회했
다.

"아, 목이 마르네……."

술도 거하게 취해 있는 박두선 의원은 목이 말랐다. 그리고 눈에 보이는 것은 단란 주점 간판과 노래방 간판이었다.

사실 요즘에는 그 두 간판이 구분이 안 되는 경우가 대부분이지만 말이다.

"저기 들어가 볼까? 오늘 서민 놀이 한번 하자. 흐흐흐! 누가 알겠어."

박두선은 묘한 미소를 보였다. 그리고 바로 노래방으로 들어갔다.

"어서 오십시오. 혼자세요?"

노래방 주인이 박두선을 보며 물었다.

"혼자 오면 안 되나?"

"됩니다. 되죠. 들어가시죠."

노래방 주인은 으슥한 곳으로 박두선을 안내했다.

"음료수라도 드릴까요?"

"술 가지고 와."

"예, 알겠습니다. 아가씨는……."

노래방 주인이 말꼬리를 흐렸다.

"있어?"

"불러 드릴까요?"

"잘 노는 애로!"

박두선이 지갑에서 10만 원짜리 수표를 꺼내 주인에게 내밀었고, 주인은 이게 무슨 횡재냐는 눈으로 박두선을 봤다.

"예, 여부가 있겠습니까. 잠시만 기다리시면 됩니다. 노래 한 곡만 부르시고 계시면 바로 올 겁니다."

"알았어."

그렇게 노래방 주인이 나갔고 바로 맥주와 마른안주를 가지고 들어와 인사를 하고 다시 나갔다.

"마이~ 웨이이이이~"

그렇게 박두선은 노래를 불렀고 잠시 후에 문을 살짝 열고 긴 생머리의 여자가 들어왔다.

"안녕하세요."

짧은 반바지에 어깨선이 그대로 드러난 옷을 입고 온 노래방 도우미였다.

"여기 앉아."

"예, 사장님! 술 한 잔 드릴게요. 은수예요."

"캬~ 이름 좋네."

30대 초반으로 보이는 여자였다. 그리고 옷도 헐렁하게 입고 와서 그런지 몸매가 그대로 드러나는 여자였다. 그래서 박두선의 욕망을 더욱 부추겼다.

"노래 한 곡 부를게요."

"그러던가?"

여자는 박두선을 유혹하듯 노래를 불렀고 딱 엉겨 붙기 좋으라고 발라드를 불렀고, 박두선은 룸살롱에서 좀 놀아봤다는 듯 바로 일어나 여자의 뒤로 가서 자신의 중요한 부분을 밀착시켰다.

"사장님, 화끈하시네~"

그 말과 함께 박두선의 손이 여자의 가슴 쪽으로 향했다.

"어머~ 공짜로는 안 되는데?"

"얼만데?"

"마음대로 하시려면 5만 원 내세요."

"5만 원?"

"예."

룸살롱에 비하면 거의 헐값이었다.

"여기! 잔돈은 필요 없어."

박두선은 다시 수표 한 장을 꺼내 여자의 가슴에 쑤셔 넣었다.

"어머, 우리 사장님, 화끈하시다."

그렇게 발라드 한 곡 끈적끈적하게 부르고 나서 박두선은 여자의 중요한 부분에 손을 디밀었다.

그리고 여자는 지금 호구를 잡았다는 눈빛으로 박두선을 봤다.

물론 여자는 정치에 관심이 없으니 박두선을 알아보지 못했다. 그리고 국회의원이 300명이나 되기에 유명 정치인이 아니고서는 알아 볼 수도 없었다.

또 국회의원이 이런 곳에서 이렇게 질펀하게 논다는 생각도 하지 못할 것이다.

원래 국회의원쯤 되면 엄청나게 비싼 룸살롱에서 놀 거라는 게 평범한 사람들의 생각이니까. 그래야 체면이 서고 비밀 보장이 되는 거니까.

"여기서는 안 돼요~"

"그럼~"

"2차는……."

"2차도 돼?"

"되죠. 호호호!"

"가자!"

"선불인데……."

"얼마인데?"

"30만 원요."

여자는 박두선이 돈지랄을 하는 것을 보고 두 배로 불렀다.

"가자!"

박두선은 바로 여자에게 돈을 주고 노래방에서 나왔고, 가까운 모텔로 향했다.

아마 박두선은 이 밤의 일탈이 자신의 정치 인생을 좆내는 일이라는 것을 차마 모르고 있었다.

*   *   *

모텔.

"인간아! 어머니께 전화 좀 드려라."

은희의 잔소리가 시작이 됐다. 뜨거운 밤을 보내려는데 잔소리가 내 귀에 들릴 턱이 없다.

"알았네요. 이리 와!"

"너는 날 보면 그 짓밖에 생각이 안 나지?"

"웅!"

내 짧은 대답에 은희가 눈을 흘겼다.

하지만 싫지 않은 눈빛이다.

그리고 나는 바로 은희의 팔을 잡아당겼다. 그리고 이 순간 은희와 처음 하나가 되었던 춘천의 모텔이 떠올랐다.

'그때는 섹시 블랙이었는데……'

나는 그런 생각을 하며 은희의 옷을 벗겼다.

이번에는 노브라였다.

"…없네?"

"너도 그거 차고 다녀봐 얼마나 답답한데."

우리의 관계가 가까워질수록 수줍음보다는 편리함이 먼저가 됐다. 그게 친밀감이고, 서로에게 적응을 했다는 의미일 것이다.

그렇게 우리는 바로 각자의 옷을 벗었다. 사실 나도 급하지만 은희도 급한 것 같다.

우린 아직 젊으니까.

나는 바로 은희의 가슴을 조심히 만졌다.

물론 내 혀는 여전히 은희의 목덜미를 차분히, 그리고 섬세하면서도 강렬하게 핥고 있었다.

"자기야~ 아아아~"

은희의 목소리가 떨리면서도 야릇해졌다.

이제는 학습이 잘되어서 잘 느끼는 것이다. 이래서 어떤 일이든 학습이 중요한 법이다.

난 바로 은희의 목덜미에 내 얼굴을 문질렀다.

다시 키스부터 시작을 했고 내 몸은 그리고 은희의 몸은 빠르게 뜨거워졌다.

그리고 곧 은희의 아름답고 풍만한 젖가슴을 손으로 만졌다.

처음은 부드럽게, 다음은 강렬하게 그렇게 강약을 조절하며 만졌다.

살짝 은희의 중요 부분이 딱딱해지는 것 같다.

난 뜨거운 키스를 퍼부었다.

키스가 길어지면서 은희의 몸도 조금씩 달아오르기 시작했다. 내 손은 다시금 은희의 가슴으로 내려가 엄지손가락으로 앵두처럼 탄력 있게 선 단단해진 부분을 터치했다. 그리고 그 주위로 원을 그리며 만졌다.

"하으으~"

그리고 난 언제 부끄러웠냐는 듯 혀로 손으로 한참 동안 은희의 몸을 느끼고 맛봤다.

그리고 내 입술은 이제는 천천히 아래로 내려갔다.

긴 목선 위에서 꾸물거리며 여기저기를 핥고, 깨문 다음 쇄골 근처를 거친 턱으로 문질렀다.

그리고 난 다시 혀로 이 세상 무엇보다도 더 소중한 것을 다루듯 가슴을 애무했다.

'좀 더 강한 것을 말해 볼까?'

좀 더 나는 자극적인 것을 해보고 싶었다.

"은희야~"

"왜에에에~"

"입으로……."

"너, 변태니?"

"사건 수사하느라 스트레스가 심해서……."

남자는 자신의 여자 앞에서 항상 응석을 부리는 애다. 그리고 사실 은희와 나는 화끈한 섹스를 하는 편이다.

"알았어!"

은희는 내게 눈을 한 번 흘기고 미끄러지듯 아래로 내려갔고, 나는 천국을 경험했다.

그리고 강렬한 섹스는 이어졌다.

물론 은희가 원해서 피임 따위는 하지 않았다.

은희는 입버릇처럼 말했다.

임신과 동시에 은퇴라고.

그렇게 나는 침대에 누워 은희의 엄청난 서비스를 받으며 황홀한 시간을 보냈다.

'저건 뭐지?'

순간 뭔가 으스스한 느낌이 들었다. 마치 누군가가 나를 지켜보는 듯한 느낌이 들었다.

"은… 은희야!"

은희는 여전히 내게 최상의 서비스를 해주고 있었다. 그래서 말을 할 수가 없었다.

입안에 잔뜩 무엇인가를 머금고 있으니까.

"잠깐만!"

그제야 은희가 고개를 들어서 나를 봤다.

"왜?"

"잠깐만!"

이런 것이 촉이다.

분명 이 모텔에 뭔가가 있는 것 같다.

그리고 나는 천천히 모텔을 구석구석 살폈다.

"왜 그래?"

"뭐 있어."

"뭐?"

"그냥 느낌이 그래!"

나는 은희에게 그렇게 말하고 모텔 구석구석을 살폈고 어이가 없게도, 또 운이 좋게도 몰래카메라를 찾았다.

"이게 뭐야?"

은희도 놀라 눈이 커졌다.

"…몰래카메라네."

어떤 면에서 내 촉이 대한민국을 발칵 뒤집어질 일을 막은 것 같다.

슈퍼 디바 최은희의 섹스 동영상이 인터넷에 도는 것을 막은 거니까.

그리고 그 상대가 대한민국 검사, 그것도 정치권에서 눈독을 들이는 나라는 것이 밝혀졌을 때는 엄청난 이슈가 될 일이었다.

"이런 것을 누가 설치해?"

은희도 처음에는 놀랐지만 신기하다는 듯 몰래카메라를 만지 작거렸다.

"…모텔 주인인가?"

혼잣말을 중얼거렸지만 모텔 주인이 이런 것을 설치할 이유가 없었다.

'미친 것들! 내가 반드시 잡아주지.'

아마도 러브호텔에 가까운 모텔이기에 누군가 몰래카메라를 덫처럼 설치한 것 같다.

그럼 나중에 덫을 확인하듯 회수를 할 것이다.

그 순간을 잡으면 된다.

'역으로 치면 되지.'

이 몰래카메라는 녹화가 되는 몰래카메라다.

하지만 우리, 아니, 청명회가 가지고 있는 장비는 고성능 CCTV로 실시간 영상이 전송된다.

'아주 작살을 내준다.'

내가 몰래카메라의 주인공이 될 뻔한 것 때문에 화가 나는 것이 아니다.

아마 우리의 동영상이 돌면 은희는 쿨하게 인정을 하고 결혼 발표를 할 것이다.

이런 몰래카메라로 은희의 스타성을 떨어뜨리는 것은 불가능하다. 은희는 이미 세계적인 스타이니까.

하지만 일반인이나 불륜을 저지른 사람들이 이 몰래카메라의 주인공이 된다면 협박을 당하거나 생활 자체가 안 될 것이다.

인터넷은 익명성이 보장이 되는 만큼 그 어떤 곳보다 잔인하니까.

"이제 없어?"

은희가 내게 물었다.

"확인해 봐야지."

"어서 찾아 봐."

"응."

그렇게 은희와 나는 아무것도 걸치지 않은 상태로 모텔 룸에서 마치 보물찾기를 하듯 또 있을지 모를 몰래카메라를 찾았다.

"이거지?"

은희가 소풍의 보물찾기에서 보물을 찾은 것처럼 신이 나서 내게 작은 단추보다 더 작은 몰래카메라를 보였다.

"맞네."

벌써 찾은 것이 두 개다.

한 방에서 두 개가 설치된 것을 보니 조직적으로 이런 동영상을 확보하기 위해서 설치했다고 봐야 할 것 같다.

"더 없을까?"

거의 모텔 방을 다 까뒤집었다고 하면 될 것 같다.

"이제는 정말 없는 것 같네."

그렇게 우리는 두 시간 정도 보물찾기를 했다.

"정말 없지?"

"응."

"이리와."

은희가 야릇한 눈으로 오라고 했다.

"왜~"

"하던 거는 마저 해야지. 짐승 씨~"

*   *   *

그렇게 뜨거운 밤을 보내고 은희는 다시 엄청난 위장을 하고는 서울로 올라갔다. 나는 바로 모텔에서 담배를 피우며 이 카메라를 설치한 놈을 잡을 계획을 세웠다.

따르릉~ 따르릉~

"명득이네."

나는 전화를 받았다.

—동철아!

조명득의 목소리가 밝다.

"왜?"

—은희는 잘 갔고?

"너는 나도 감시하나?"

—VIP 경호는 당연한 거지.

나보고 VIP란다. 모든 관리는 조명득이 하지만 그 뒤에서 모든 것을 지시하는 청명회의 핵심은 나니까.

"고맙네."

조명득이 청명회를 이용해서 나를 경호해 주니 나를 노리는 조폭들이 보낸 히트맨에게 허망하게 당할 일은 없을 것 같다. 이런 면에서도 조명득은 철두철미했다.

어쩌면 내 능력의 7할 이상은 조명득에게서 나오는 거라고 해도 과언은 아닐 것이다.

사실 저런 친구도 없다.

'회귀하기 전의 조명득은 어떻게 살았을까?'

문득 그게 궁금해졌다.

—찾았다.

"뭘?"

—강솔미, 군산에 있을 확률이 90퍼센트다.

"뭐?"

―이틀 전에 군산 버스 터미널로 들어왔다. 나간 흔적은 아직 없고, 자동차를 타고 나가지 않았으면 군산에 있다.

"그래?"

강솔미는 어떻게든 처리해야 한다. 그런데 한동안 모습을 보이지 않았다. 그런데 딱 카메라가 발견된 시점에서 강솔미가 연고도 없는 군산에 왔다는 것이 이상했다.

"명득아!"

―와?

"너, 내가 있는 모텔로 좀 와라."

―알았다.

나를 경호한다고 했으니 내가 있는 모텔도 알 것이다.

＊   ＊   ＊

"오늘부터 회수하자."

아무것도 걸치지 않고 기둥서방과 뜨겁게 섹스를 한 강솔미는 섹스가 끝나자마자 기둥서방에게 말했다.

"알았어."

"돈 좀 될 거야. 군산은 항구고, 항구에는 돈이 넘치네요."

"나도 그랬으면 좋겠다. 가평에 별장을 산다고 했지?"

"그럼~ 기성이 오빠랑 같이 살 별장이지. 우리 별장!"

물론 말만 그런 것이다. 강솔미는 어떻게든 기둥서방 노릇을 하는 기성을 떼어내려고 하고 있으니까.

"같이 가야지?"

"그래야지. 그래야 의심을 안 받지."

"한 번 더 할까?"

기성은 힘이 넘치는 모양이다.

그게 아니면 강솔미는 거부할 수 없는 몸을 가진 악녀이거나.

*　　　　*　　　　*

"이게 뭔데?"

"카메라!"

내 말에 조명득의 눈이 커졌다.

"…대한민국이 확 뒤집어질 뻔했네."

조명득도 이 카메라를 내가 발견하지 못했으면 대한민국이 난리가 날 뻔했다는 것을 아는 것이다.

물론 정작 당사자인 나와 은희는 큰 타격을 입지 않겠지만 말이다. 물론 내가 이 카메라 때문에 검사 옷을 벗게 될지도 모른다.

하지만 최소한 정치 쪽에서 더는 내게 꼬리를 치지는 않을 것이다.

물론 이 역시 내 생각이다.

"그렇지. 우리야……."

"니들이야 원래 꼴통이니까 그냥 넘기면 되지만, 일반인이 걸렸으면 인생 망치는 일이지."

"그러니까. 잡아야겠다."

"잡아야지. 이런 짓을 하는 파렴치한 놈들은 잡아야지."

"…년일지 몰라."

내 말에 조명득이 나를 빤히 봤다.

"무슨 생각을 하는데?"

"연고도 없는 강솔미가 왜 군산에 왔을까?"

조명득은 청명회를 이용해서 나도 모르는 강솔미에 대한 것을 탈탈 털었다.

그리고 강솔미가 신흥 사이비 종교에 빠져 있다는 것도 확인했다. 그리고 꽃뱀 짓을 해서 번 돈을 그곳에 다 쑤셔 넣고 있다는 것도 알았다.

이래서 영리한 것들이 하나씩 나사가 빠졌다는 소리가 있는 것이다.

"혹시 이 일을 벌인 범인이 그년이라고 생각해?"

"촉이 그렇게 말하네."

"그러고 보니 희박하지만 그럴 수도 있겠네."

"강솔미를 찾으면 확실해지겠지."

"방법은 아주 간단하겠네. 이제는 군산 바닥을 다 뒤지지 않아도 되니까."

"그래. 여기다 잠복 붙이면 되겠다."

내 말에 조명득이 나를 봤다.

"아마도 돈 많이 만지는 년이니까 스케일이 클 거야."

"스케일?"

"그러니까 아마 군산에 있는 러브호텔에는 다 깔았을 것 같다."

이 말은 잠복만 하면 이틀 안에 잡을 수 있다는 의미다.

"그럼 바로 작전 개시다."

이제는 강솔미 검거 작전을 시작하는 것이다. 잡기만 한다면 그리고 바로 증거만 회수한다면 집어넣을 수 있다. 또 강솔미 옆에 있는 남자를 협박해서 여죄도 추궁할 수 있다.

'으음…….'

잡겠다는 생각을 하는 순간 회귀하기 전의 기억이 떠올랐다. 대부분 좋지 않은 기억이지만, 그중에서도 좋았던 기억 몇 개가 떠올랐다. 하지만 그 기억도 이제는 잊을 참이다.

어떻게 되었던 그년은 사회의 악이니까.

"청명회를 움직여라!"

"오케바리!"

그렇게 청명회가 다시 움직였다.

경찰보다, 또 검찰 수사관보다 더 능력을 보이는 것은 청명회다. 물론 그들은 노숙자 출신이 대부분이지만 그 노숙자들 중에는 옛날에 경찰이었던 사람도 있고, 흥신소 직원이었던 사람도 있었다.

그래서 작전에 투입하는 것은 어렵지 않았다.

"군산시에 있는 모든 모텔에 잠복하고 전송된 사진과 동일인이면 미행하십시오."

조명득이 청명회 조직원에게 지시를 하달했고, 그럼 그 조직원들은 그들의 하부 조직원에게 하달할 것이다. 이렇게 청명회는 철저하게 점조직으로 움직였다.

"이제 기다리면 되겠네."

조명득이 내게 그렇게 말하고 묘한 눈으로 나를 봤다.

"왜 그런 눈으로 보는데?"

"…여기는 밤나무밭도 아닌데 밤꽃 냄새가 나서."

쪽팔린다.

이곳에서 조명득을 부르는 것이 아니었다.

"야~"

"부러워서 그란다."

"그럼 너도 서울 한번 가던가?"

"…영화 찍는단다."

"무슨 영화?"

미선이 영화를 또 찍는 모양이다.

"광안리라는 영화인데, 그런데……."

조명득의 얼굴이 살짝 어두워졌다.

"왜?"

"…비교가 되나 보다."

"무슨 비교?"

"은희랑!"

그러고 보니 그렇다. 미선도 스타지만 은희에 비한다면 거의
무명급 연예인이다.

서로 죽고 못 사는 절친인데 스스로 비교를 하니 힘들 것 같
다는 생각이 들었다.

"이번 영화 잘되어야 할 긴데……."

"잘되게 하면 되지."

"어떻게?"

"대한민국에 있는 스크린 2,000개 투입하면 되지."

"투입?"

"청명회가 못할 것이 뭐가 있냐? 내 친구의 여자 친구 일인데."

"…해도 되나?"

"할 수 있는 건 다 해라."

"돈 많이 들 긴데……."

영화의 흥행이라는 것이 다 그런 것이다.

물량 투입과 함께 돈을 쓰고 광고를 팍팍 때리고 입소문까지 조작한다면 흥행을 안 할 수가 없다.

"그리고 이건 그냥 내 생각인데, 해외에서 수입되는 영화를 다 막으면 된다. 그때 블록버스터 다 막지 뭐."

"어떻게?"

"내가 전화할게."

나는 바로 기획사 대표에게 말했다. 사실 요즘 기획사 대표는 재벌 수준이 됐다. 은희가 벌어주는 돈만으로도 엄청나게 벌었으니까.

그리고 기획사도 계속해서 상장했기에 주식 부자도 됐다. 그리고 핵심적으로 배급 회사도 가지고 있다.

─무슨 일이세요? 박 검사님!

기획사 대표가 놀란 목소리로 내 전화를 받았다.

"은희, 잘 올라갔습니다."

─박 검사! 그러지 말고 그냥 결혼해요. 은희 씨가 이제는 결혼을 해도 입지가 흔들리지 않아요. 그리고 활동 무대도 국내가 아니라 미국하고 유럽이니 더더욱 상관없어요.

"저도 그러고 싶은데, 은희가 자기랑 결혼하면 이슈 검사가 된다고 조금만 기다리자고 하네요."

—참 신기한 커플이네요. 쩝! 참, 그런데 그거 알려 주려고 전화했어요?

만약 카메라가 있었다는 소리를 한다면 까무러칠지도 모른다. 기획사 대표의 기획사의 매출의 90퍼센트 이상을 은희가 담당하고 있으니까.

"은희가 미선이 출연하는 영화를 위해서 대표님 배급 회사에서 올해 들어올 블록버스터 다 확보하라네요."

—…벌써 했어요. 참 나도 그런 친구 있었으면 좋겠네요. 아마 이번에는 미선 씨도 꼭 뜰 겁니다. 사실 많이 떴어요. 배우라서 한계가 있는 거지.

역시 은희다. 사실 나는 은희 핑계를 대고 조명득을 시켜서 청명회를 이용해 유령 회사를 하나 차리라고 할 참이었다. 그런데 이미 은희가 나선 것이다.

—또 우리 은희 씨 돈 엄청 깨지겠네요. 다른 가수가 은희 씨만큼 번다면 벌써 뉴욕에 빌딩을 두어 채 샀을 겁니다.

"하하하! 그렇습니까?"

—하여튼 그래요. 제발 결혼 좀 해주세요.

"예, 끊습니다."

나는 기획사 대표와 통화를 끝내고 조명득을 봤다.

"이참에 우리 청명회도 연예계로 진출할까?"

내 농담에 조명득이 나를 빤히 봤다.

"할까? 하지 뭐! 돈 놓고 돈 먹기인데."

맞는 말이다. 얼마만큼의 자금력이 있는지가 중요했다.

그리고 나는 정확하지는 않지만 앞으로 어떤 것이 유행할지 대충은 안다.

그리고 조명득의 천재성을 이용한다면 성공하지 못할 것도 없다.

'주식시장의 한파가 분다.'

주식시장의 호황기는 이제 곧 끝이 날 것이다. 그러니 청명회 자금 마련을 다각화할 필요가 있다는 생각이 들었다.

"알아서 준비해라."

"내는 힘들어 죽겠다. 검찰 수사관도 해야 하고, 니 시다바리도 해야 하고, 청명회도 움직여야 하고."

"듣고 보니 그러네."

"힘들다. 친구 때문에!"

"그럼 사직서 낼래?"

내 말에 조명득이 나를 봤다.

"싫다. 내는 니 옆에 있을 기다. 얼마나 재미있는데."

역시 조명득은 스릴을 즐긴다.

"가자! 강솔미라면 여기도 비워줘야 움직이지."

나는 자꾸만 이번 카메라가 강솔미의 짓이라는 생각이 들었다. 물론 그렇게 될 확률은 희박하지만 말이다.

지이이잉~ 지이이이~

그때 조명득의 핸드폰이 울렸다.

[목표물 확인 완료!]

조명득이 핸드폰을 보고는 문자 메시지를 내게도 보여줬다.

"야~ 역시 검사는 뭐가 달라도 다르네. 니 촉이 맞았다."

결국 내 촉이 맞은 것이다.

순간 어이가 없었다.

"어떻게 할까?"

"청명회로는 검거를 못하잖아."

"그렇지."

"검찰 수사관이랑 검사가 출동해야지."

"그럼?"

"우리가 회수하는 것보다 그년이 회수하는 것이 더 좋지."

"그러네."

조명득이 씩 웃었다. 그리고 핸드폰을 이용해 단체 문자를 전송했다.

[미행만 하고 놓치지 말 것.]

그 문자 명령과 함께 답문이 왔고 우리는 이 모텔을 나가주면 될 것 같다.

[모텔을 나왔음.]

30분도 지나지 않았는데 강솔미가 다른 남자와 모텔에서 나왔다는 문자가 왔다.

"동철아~ 확실하네."

"그렇지."

나도 씩 웃었다.

30분!

남자와 여자가 모텔로 들어가서 섹스를 하는데 걸리는 평균 시간만 해도 30분은 훌쩍 넘을 것이다.

모텔 입구에서부터 걸어 들어가는 시간과 옷을 벗는 시간, 그리고 샤워까지 하는 시간까지 계산하면 부족한 시간이다.

아무리 남자가 조루 토끼라고 해도 말이다.

그렇다면 강솔미는 섹스 이외에 뭔가 용무가 있어 모텔에 들어갔다는 것인데, 정황상 그것은 딱 하나밖에 없었다.

강솔미는 카메라를 회수 중인 것이다.

"그런데 이년은 왜 이렇게 돈에 집착을 하는지 모르겠네… 역시 사람은 절대 종교에 미쳐서는 안 되는 기다."

강솔미의 돈의 쓰임이 어떤 것인지 알아냈기에 이런 소리도 할 수 있는 것이다.

[다른 모텔로 들어갔음]

오늘 강솔미는 밤새도록 모텔 돌이를 할 것 같다.

[바로 나왔음]

"바로 나왔다네."

이건 카메라를 설치한 모텔 룸에 투숙객이 있다는 의미가 분명했다.

"확실해졌네. 강솔미가 카메라의 주인이네."

바드득!

이제 검거만 하면 된다. 물론 강솔미에게 제대로 콩밥을 먹이기 위해서는 강솔미 옆에 있는 남자를 협박해야겠지만 말이다.

그리고 1시간 정도가 흐른 뒤에 강솔미가 나와 은희가 있던 모텔로 들어갔다.

"저기 왔다."

조명득의 말에 모텔로 들어가는 강솔미를 봤다.

"여기서 잡자."

"재미있겠다. 카메라가 없으면 엄청 황당하겠네. 히히히!"

* * *

모텔 룸.

박두선이 눈을 떴다.

뭔가 찜찜한 느낌이 들었다. 분명 술기운에 혼자 잠을 잔 것 같지는 않은데 혼자였다.

"뭐지……."

인상을 찡그리며 자리에서 일어났다.

"누가 있었는데……."

어제의 기억을 더듬어보는 박두선 의원이었다.

따르릉~ 따르릉~

그때 박두선의 핸드폰이 울렸다.

"여보세요."

ㅡ의원님! 어디십니까?

박두선의 운전기사가 전화를 한 것이다.

"여기? 나도 모르겠군."

박두선은 소형 냉장고에서 물을 꺼내 마셨다.

ㅡ어디로 모시러 가면 되겠습니까?

"옷 좀 입고 전화하지."

ㅡ예, 의원님!

박두선은 모텔 안을 두리번거렸다.

그리고 아무렇게 벗어놓은 옷을 찾았다. 그 순간 뭔가 허전한 느낌이 들었다.

"이런 망할!"

바지에서 지갑 자체가 없었다.

딩동~ 딩동~

그때 연속적으로 박두선 의원의 핸드폰에서 문자 메시지가 떴다.

[군산 백화점 의류 매장 —560,000원]

[군산 백화점 의류매장 —1,200,000원]

연속적으로 구매 확인 문자가 날아왔다.

"…뭐야 이거?"

순간 당황스러운 박두선 의원이었다.

딩동~ 딩동~

[군산 백화점 나노 다이아몬드 —8,200,000원]

"…이게 무슨 일이야?"

딩동~

"내 지갑!"

계속해서 핸드폰으로 결재한 내역이 떴고, 박두선은 인상을 찡그릴 수밖에 없는 상황이었다.

그와 동시에 박두선은 어제의 일이 하나둘 떠올랐다.

잠시 벙쪄 있던 박두선은 다시 온 문자메시지에 퍼뜩 정신을 차렸고, 급하게 문자메시지를 봤다.

[호호호~ 국회의원님이셨네요. 잘 쓸게요.]

박두선과 밤을 보낸 여자는 박두선의 지갑을 훔친 후에 박두선의 명함을 본 것이다.

그리고 절대 신고할 수 없다는 생각에 지금 훔친 카드로 쇼핑을 즐기고 있었다.

"이런 미친년이!"

화가 치미는 순간이다.

딩동~

그때 한 번의 문자가 왔다.

[지갑 찾아가시려면 3억 준비해 주세요.]

"이런… 미친년이 돌았군."

박두선 의원이 바로 핸드폰 통화 버튼을 눌렀다.

이 순간 어제 한 행동을 후회했지만, 지금 후회한다고 해서 달라질 것은 없었다. 그리고 이번 일을 어떻게 수습을 해야 할지 고민스러웠다.

따르릉~ 따르릉~

―호호호~ 의원님, 잘 주무셨어요.

여자의 목소리는 밝았다.

―의원님이 주신 카드로 반지 하나 샀는데 예쁘네요. 호호호

"이 미친년아! 그게 네 카드야?"

박두선이 버럭 소리를 질렀다.

―너무 화를 내지 마세요. 사진 한 장 보내드릴게요.

박두선은 제대로 걸린 것 같다는 생각이 들었다.

딩동~

그리고 바로 사진 한 장이 문자 메시지로 전송이 됐다.

아무것도 입지 않은 자신과 여자가 뒤엉켜 잠들어 있는 모습의 자신의 사진이었다.

그 사진을 보고 박두선의 표정이 굳었다.

따르릉~ 따르릉~

—나… 나한테 왜 이러는 거야?

박두선의 목소리는 떨렸다.

—말했잖아요. 3억. 내일까지 준비해 주세요. 아니면 이 사진 인터넷에 뜰 거예요.

"이 미친……."

—저는 밑바닥 인생이거든요. 여기서 더 내려갈 곳이 없어요. 아시죠? 하지만 의원님은 다르잖아요. 호호호! 고마워요. 잘 쓸게요.

박두선은 이 순간 군산에 잘못 내려왔다는 생각이 들었다.

사실 자신이 의원 신분만 아니라면 바로 신고를 했을 것이다. 하지만 이 사진이 인터넷에 뜬다면 자신의 정치 생명은 여기서 끝이라는 생각이 들었다.

결국 제대로 걸린 거였다.

—준비되면 연락하세요. 저, 성격 급해요. 단순하고요. 호호호! 늦으면 늦을수록 제가 뭔가 더 살 수도 있고요.

뚝!

"미치겠네!"

박두선은 버럭 소리를 질렀다.

"한 번 주면 계속 주게 되는데……."

이 순간 떠오르는 것은 자신의 대부가 된 박동철 검사였다.

*　　　　*　　　　*

강솔미는 카메라를 회수하기 위해 기성과 함께 카메라가 설치되어 있는 모텔로 들어갔고, 룸에 들어가자마자 침대 옆에 앉아 담배를 꺼내 물었다.

"어서 찾아. 모텔 뺑뺑이도 힘드네."

"알았어. 히히히~ 하여튼 카메라마다 다 찍혔네. 대한민국은 뒷구멍 변태들이라니까. 흐흐흐!"

"그렇지. 겉으로는 근엄한 척을 해도 이런 곳에서는 본색이 나오지."

　강솔미는 한국 남자의 특성을 경험으로 잘 알고 있었다.

"피곤하네. 어서 찾아."

"알았어."

　기성은 카메라가 설치된 곳을 손으로 뒤졌다.

"뭐지?"

"왜?"

"솔미야!"

"왜에에에~"

　강솔미는 피곤하다는 듯 짜증스러운 표정으로 대답했다.

"없어."

"뭐?"

"카메라가 없어."

　순간 강솔미의 표정이 굳어졌다.

"왜 없어?"

"진짜 없어."

"여기, 설치 안 한 모텔 아니야?"

"아니야 분명 여기 설치했어."

쾅!

그때 문을 부서지는 소리가 크게 들렸고, 강솔미와 기성은 문을 박차고 들어선 두 남자를 보고 화들짝 놀랐다.

"이거 찾으십니까?"

나는 문을 박차고 들어서는 순간 놀라 얼음처럼 굳어진 강솔미와 기성을 보며 카메라를 까딱거렸다.

"당… 당신은……."

강솔미는 내 얼굴을 기억하는 것 같다.

"오랜만이네요. 강솔미 씨! 이런 곳에서 다 보네요."

"당신 뭐야?"

남자가 버럭 소리를 질렀다.

"넌 닥치고!"

남자는 소리를 지르며 우리에게 달려들었고 조명득이 바로 나서 남자의 멱살을 잡고 모텔 바닥에 쓰러뜨려 수갑을 채웠다.

쿵!

"으윽!"

"도대체 왜 이러시는 거죠?"

표정하나 변하지 않고 강솔미는 나를 보며 말했다.

"카메라 찾으시지 않았습니까?"

"무슨 소리세요?"

강솔미는 다른 방법이 없었는지 모르쇠로 버티려고 했다.

하지만 카메라에 그리고 지금 저들의 수중에는 회수를 한 카메라가 있을 것이다.

"잠시 몸수색 좀 하겠습니다."

나는 그렇게 말하고 강솔미의 몸을 뒤졌다.

그리고 조명득 역시 남자의 몸을 뒤졌고, 가방을 뒤졌다.

와르륵!

가방 속에서 카메라가 쏟아져 나왔고 강솔미의 몸에서도 소형 카메라가 잔뜩 나왔다.

"어머, 어디를 만지세요! 지금 저를 성추행하시는 거예요?"

어이가 없는 순간이다.

"야!"

나는 강솔미를 째려봤다.

"왜 소리를 지르세요."

"넌 현행범이야, 이 망할 것아! 빼도 박도 못한다고."

내 말에 강솔미가 나를 보며 피식 웃었다.

"빼도 박도 못해요? 그럼 박으실래요?"

정말 대놓고 막가는 강솔미였다.

"강솔미! 너, 인생 그렇게 살래?"

나도 모르게 욱해 소리를 질렀고 조명득은 왜 피의자에게 저렇게 흥분을 하는지 모르겠다는 눈빛으로 나를 봤다.

"검사님! 우리 따로 조용히 이야기 좀 할래요?"

"할 이야기가 있다면 검찰청 가서 하십시다. 당신을 불법 동영상 촬영 및 공갈 협박에 관한 법률 위반으로 긴급체포 합니다. 당신은 변호사를 선임할 수 있고 묵비권을 행사할 수 있습니다.

지금부터 당신이 하는 말과 행동은 증거가 될 수 있습니다."

"왜 이러세요? 제가 무슨 협박을 했다고 그래요?"

강솔미는 황당하다는 표정을 지어보였다.

따르릉~ 따르릉~

그때 내 핸드폰이 급하게 울렸다.

"뭐지?"

따르릉~ 따르릉~

박두선의 번호였다.

이렇게 빨리 전화를 할 줄은 몰랐다. 하지만 어제 한 일이 있으니 안 받을 수도 없다.

내가 안 받으면 괜히 지검장님한테 가서 꼬장을 부릴지도 모르니 말이다.

"여보세요. 박동철입니다."

―저, 저기 대, 대부님……

박두선이 뜬금없이 전화를 걸어서 다짜고짜 나를 대부님이라고 불렀다.

'작전 변경인가?'

학연으로 안 되니 혈연으로 나를 어떻게 해보려는 것 같다는 생각이 들었다.

"왜 그러십니까? 박 의원님!"

―대부님~ 대부님은 저의 영원한 대부님이십니다. 그러니까 제발…….

"저, 정치에 관심 없습니다. 박 의원님!"

내 통화 내용을 듣고 조명득이 어이가 없다는 듯 나를 봤다.

그리고 나는 조명득에게 우선 남자를 끌고 나가라는 눈짓을 줬고, 조명득은 알았다는 듯 남자에게 수갑을 채워서 모텔 밖으로 나갔다.

─그게 아니라 대부님! 저 좀 살려주십시오. 제가 어젯밤에 실수로…….

박두선은 빠르게 자신이 내게 전화를 건 이유를 설명했다.

"…예?"

어이가 없는 순간이다.

지금 내가 꽃뱀을 잡고 있는데 그사이에 박두선이 다른 꽃뱀에게 물린 것이다.

물론 그 꼴을 당해도 싸지만 말이다.

─대부님, 제발 살려주십시오.

내 앞에 있었다면 무릎을 꿇고 바짓가랑이라도 잡고 애원할 것처럼 다급한 목소리였다.

"예, 제가 처리하죠. 바빠서 끊습니다."

─감사합니다. 대부님! 감사합니다. 역시 대부님밖에 없습니다.

졸지에 철없는 손자가 생겨버렸다.

족보에도 없는 손자 말이다. 나는 그런 생각을 하며 피식 웃고 샤론 스톤처럼 여전히 여유롭게 침대에 앉아 다리를 꼬고 있는 강솔미를 봤다.

"왜 저만 이 룸에 남기셨죠? 다른 생각이 있으시나요?"

강솔미가 이 순간에도 나를 유혹했다. 자신이 빠져나갈 방법은 나를 유혹하는 것 말고는 없다고 생각한 것이다.

'너는 정말 도화살이 만개했구나.'

어떤 면에서는 가엽기까지 했다.

"저, 솔직한 편이거든요."

강솔미가 자신에게는 마지막 기회라고 생각이 들었는지 최대한 섹시한 자세로 꼬았던 다리를 보란 듯 반대 방향으로 천천히 꼬면서 미소를 지었다.

"하, 영화 참 많이 봤네. 이 장면이 언제 적 장면인데!"

내가 어이가 없다는 투로 말했다.

"고전이 더 자극적인 법이죠. 호호호!"

최대한 여유롭게 말하려고 노력하는 강솔미였다.

이 순간에도 강솔미는 엄청난 매력을 발산하고 있었다. 어떤 면에서 인생이 꼬이지 않고 배우의 길을 택했다면 강솔미의 인생도 달라졌을지도 모른다는 생각이 들었다.

"그래서?"

정말 골치 아프고 가여운 인생이다. 그리고 내 미래에서 내 여자였던 여자라서 기분이 더 묘했다.

하지만 끊어내야 한다.

달라진 인생이고 이제는 나와는 아무런 연결점이 없으니까.

"절 잡는다고 승진하시는 것도 아니시잖아요."

"그렇지. 피라미 하나 잡은 거지."

"그러니까 요즘 섹파라는 말이 유명하던데, 어떠세요?"

"섹파?"

"섹스 파트너요."

"파트너라?"

나는 살짝 넘어가 주는 척을 했다. 사실 나는 강솔미의 매력을 안다.

강솔미는 옷을 입고 있을 때보다 벗고 있을 때가 더 남자를 미치게 만든다.

속된 말로 명기 중에서도 최고의 명기다.

그러니 강솔미의 옆에 있는 남자들이 벗어나지 못하는 것이고, 나도 회귀하기 전 강솔미가 버리기 전까지 그녀의 그물에 걸려 허우적거렸으니까 잘 안다.

하지만 지금은 다르다.

"어떠세요? 저, 아직 괜찮은데."

"앞으로도 괜찮을 것 같네."

"그렇죠."

강솔미가 자신의 유혹이 통했다는 눈빛으로 내게 다가와서 내 가슴에 손을 댔다.

"그리고 출소 후에도 아주 괜찮을 겁니다."

철컥!

나는 바로 강솔미의 손에 수갑을 채웠다.

"검, 검사님!"

갑자기 강솔미의 손이 떨렸다.

"강솔미 씨, 내가 말했죠. 당신이 이 순간 이후로 하는 모든 말과 행동은 법정에서 불리하게 작용한다고요."

"뭐… 뭐라고요?"

"당신은 사건 음폐를 위한 검사 회유에 관한 죄목도 추가가 될 겁니다. 지금 정확하게 그 범죄명이 떠오르지 않지만 하여튼 그렇습니다."

"증, 증거 있으세요?"

강솔미의 태도가 돌변했다.

"어쩌죠? 이거 안 껐는데."

나는 강솔미의 눈앞에 카메라를 흔들었고, 강솔미는 멍해졌다.

"개새끼!"

강솔미가 바로 표독스럽게 나를 보며 욕했다.

"흠… 명예훼손과 인격모독도 추가됩니다. 가시죠."

나는 그렇게 말하고 바로 카메라의 스위치를 껐다.

"가자고 이년아!"

"지금 저한테 욕하셨죠?"

"어쩌지? 봤잖아. 전원 스위치 누른 거."

나는 강솔미를 보고 씩 웃었고 강솔미는 황당한 표정으로 변했다.

"이, 이… 개나리가……."

내게 또 욕을 하면 명예훼손과 인격모독의 죄가 추가된다는 생각에 개새끼라고 못하고 개나리라고 말하는 강솔미를 보고 나도 모르게 빵하고 터졌다.

"개나리? 하하하!"

그렇게 나는 강솔미를 끝내 검거했다.

제4장
엉뚱한 곳에서 찾은 단서

강솔미와 그녀를 따라다니는 기둥서방인 기성을 긴급구속 해서 구치소에 처넣고 바로 박두선 의원을 만났다.

그리고 자초지종을 들었다.

어이가 없지만 남자로서는 이해가 됐다.

"대부님, 저 한번만 살려주십시오."

박두선 의원이 나를 대하는 자세부터 달랐다. 아니, 다를 수밖에 없다. 얼마나 급했으면 어제 내가 사기를 친 것을 떠올리고 이럴까 하는 생각이 들었다.

"참 알 만한 분이……."

"대부님, 한번만 살려주십시오."

거의 울상이다.

"이게 밝혀지면 제 정치 생명은 끝입니다."

"그러시겠죠. 알겠습니다."

"말씀 놓으십시오."

"아닙니다. 한 번 대부님은 영원한 대부님이십니다."

없는 족보에 대부까지 될 판이다.

"제가 검사라서 매춘을 봐드릴 수도 없고… 어떻게 하실 겁니까?"

"그… 그러시죠. 대부님은 검사시죠."

"이렇게 하시는 것은 어떻습니까?"

"예."

"박두선 의원께서 저를 위해서 해주실 일이 있습니다."

"뭡니까?"

"당에 가서서 박동철이 여당에 입당했다고 하시면 됩니다. 내려가기 전부터 이미 결정이 되어서 뒤집을 수가 없었다고 하십시오."

"뭐라고요?"

박두선 의원이 화들짝 놀라 나를 봤다.

"정말 여당에 입당하시는 겁니까?"

"그럴 생각은 전혀 없습니다. 여당 의원이 오면 저는 박두선 의원님의 설득으로 야당에 입당해서 내년 총선에 나간다고 할 겁니다."

"왜?

순간 멍해졌다. 이렇게 하면 서로 이제는 나를 건드리지 않을 것이다. 내가 계속 사양만 하면 점점 더 몸이 달아서 이상한 짓을 할 것이다.

그러니 치사하지만 이런 방법이 가장 좋을 것이다.

"저, 정치 관심 없습니다."

내 말에 박두선 의원이 나를 빤히 봤다.

"…예, 알겠습니다."

"약속 장소가 어디라고 했죠?"

"궁전다방이랍니다."

"알겠습니다. 걱정 마시고 서울로 올라가세요. 그러니까 길이 아닌 곳에는 안 가는 겁니다."

"예, 대부님! 그런데 대부님!"

"예."

"이건 조카 손자로 여쭙는 건데……."

"저 정말 정치에 관심 없습니다."

"지금 대세는 대부님이십니다."

"즉흥적인 대세에 촐싹거리기 싫습니다. 제가 그쪽으로 가야 할 운명이라면 거부해도 그쪽으로 가게 될 겁니다. 그러니 지금은 촐싹거리고 싶지 않습니다. 그냥 저는 일개 평검사입니다."

내 말에 박두선은 한참이나 나를 봤다.

"예, 알겠습니다. 때가 더 무르익을 때까지 기다리시겠다는 거군요. 예, 맞습니다. 대부님은 아직 어리시니 하늘이 열리지 않은 겁니다. 맞습니다. 현명하십니다."

박두선은 무협지에서나 나올 법한 대사를 씨부리고 있었다.

"그냥 그렇다는 겁니다."

"아닙니다. 운명 대세론! 맞습니다. 지금은 아직 잠룡이시라 때가 아닌 것 같습니다."

잠룡?

누가 들으면 대선 출마라도 하는 줄 알겠다.

'괜히 이러다가 대선 후보 설문 조사에 끼는 거 아닌지 모르겠네.'

대선 시즌이 되면 유명인들을 명단에 올려놓고 대선 후보 설문 조사를 한다. 내년이 총선이고 내후년이 대선이라 지금도 그 놀이를 꽤 많이 하고 지금은 대구 아줌마가 가장 여론조사에서 1위를 하고 있다.

'대구 아줌마, 별로인데.'

문득 그런 생각이 든다. 지금 사람들은 모르겠지만 미래에서 살았던 나는 안다.

대구 아줌마는 별로라는 것을.

하지만 지금까지 괜찮은 사람도 없었다.

"하여튼 제가 알아서 처리하겠습니다. 그 대신 다시는 군산에 얼씬도 하지 마십시오."

"예, 대부님!"

그렇게 박두선 의원과 헤어지고 나는 바로 약속 장소인 궁전 다방으로 향했다.

"가시죠. 마 수사관님!"

"예, 검사님!"

마 수사관은 내가 박두선 의원과 이야기를 할 때 옆 테이블에 있었다. 조명득은 카메라를 확인하려고 갔고, 마 수사관을 대동하고 나왔다.

"대단하십니다."

요즘 내 주변 사람들은 내게 항상 저런 소리를 한다.

그래서 어떨 때는 나도 모르게 우쭐하기도 한다.

"별로 대단할 것 없습니다."

"다른 분들이라면 국회의원 시켜 준다고 하면……."

"좋아하죠. 저도 좋습니다."

나는 마 수사관을 보며 웃었다.

"그런데 왜?"

"27살에 국회의원을 하면 나중에 할 게 없잖습니까. 계속 국회의원을 할 수 있는 것도 아니고요."

"그렇기는 하지만……."

"30대에 국회의원 떨어지면 그냥 백수입니다."

"변호사 하시면 되잖습니까?"

"변호사는 범죄자들 따까리 해줘야 하지 않습니까. 체질적으로 싫습니다."

물론 아닌 변호사들이 많다.

하지만 돈 때문에 범죄자들을 변호하는 변호사도 많다.

물론 범죄자들도 변호를 받을 권리는 있지만, 그들을 죄를 낮춰주기 위해 내 능력을 파는 것은 역겨운 일이다.

"예, 그러신 분이죠. 하여튼 대단하십니다."

"가시죠. 궁전다방으로."

군산에는 아직도 다방이 많다.

그리고 그 다방은 보통 티켓다방이다.

아마도 궁전다방도 그런 다방 같다.

'그냥 여자만 있지는 않겠지.'

꽃뱀 옆에는 항상 머저리들이 있다. 그리고 꽃뱀들은 그런 머저리가 옆에 있어야 기가 산다.

물론 강솔미처럼 머저리들을 이용하는 꽃뱀도 있지만 대부분은 머저리들에게 이용을 당한다.

아마 박두선을 문 여자도 후자일 것이다. 그리고 따지고 보면 전형적인 꽃뱀은 아니었다.

그냥 처음에는 술에 취해 잠이 든 박두선 의원을 보고 지갑이 탐이 났을 것이다. 그리고 지갑 속을 뒤지다가 국회의원이라는 것을 알았을 것이다.

그래서 욕심이 생긴 것 같다. 말 그대로 흐리멍덩한 독도 없는 뱀이다.

*   *   *

궁전다방.

"걱정 마! 내가 다 알아서 소리 몇 번 지르면 끝이라니까."

딱 봐도 양아치가 박두선을 협박한 여자에게 말했다.

"그래도 국회의원인데 협박까지 하다가 뒤탈이 생기면 어떻게 해?"

"국회의원은 대한민국의 법으로 처벌 안 받는데? 그리고 우리에 걸리면 몇 개월 감옥 같다가 오면 그만이지만 그 빙다리는 국회의원 더는 못 하거든 절대 신고하지 못해."

"그래도……."

"목걸이 잘 어울린다. 반지도 그렇고."

"호호호! 그래? 3억만 받으면 이 생활 땡치는 거야. 오빠만 믿어. 오빠가 다 알아서 할 테니까."

"알았어."

"한 번 주면 계속 주게 된다니까. 너처럼~ 흐흐흐!"

"뭐?"

여자가 남자에게 눈을 흘겼다.

"한 번 주는 것이 어렵지, 한 번만 주면 계속 우리한테 뜯기게 되어 있다고."

머저리는 야무진 꿈을 꾸고 있었다.

꽤나 싸 보이는 여자와 딱 봐도 양아치가 나를 보고 거만하게 앉아 있었다.

저것들이 저렇게 거만하게 앉아 있는 것을 보니 TV도 안 보나 보다. 여전히 내 얼굴이 TV에 나오는데 말이다.

"3억 가지고 왔어? 현찰로 가지고 오라고 했는데."

다짜고짜 반말이다.

"커피부터 마시고요."

내 말에 어이가 없다는 듯 남자가 피식 웃었다.

"여기 커피!"

"저는 다방커피."

"여기 다방이거든."

남자가 퉁명스럽게 말했고 다방 아가씨가 커피를 가지고 와서 내 옆에 찰싹 달라붙었다.

"오빠, 나도 한 잔 마셔도 될까?"

다방 아가씨의 말에 따로 들어온 마 수사관이 어이가 없다는 듯 웃었고, 그리고 바로 마 수사관도 다른 다방 아가씨가 자신의 옆에 찰싹 달라붙어서 아양을 떨자 난감한 표정을 지어보였다.

"오빠아앙~ 나 시간 엄청 많은데?"

한 마디로 티켓 끊고 나가자는 거다.

그리고 티켓 끊고 나가면 무슨 짓을 해도 된다는 거다.

"저는 시간 없거든요."

우락부락하게 생긴 마 수사관의 얼굴이 빨개졌다.

"그럼 혼자 왜 왔어~"

"커피 한 잔 마시려고……."

하여튼 그렇게 저쪽은 꽤나 재미가 있고 내 쪽도 재미가 있을 것 같다.

"3억 가지고 왔어?"

"안 가지고 왔는데요."

내 말에 양아치가 인상을 찡그렸다.

"뭐야? 그럼 왜 왔어?"

"사진부터 확인해야죠."

"확인하면? 정말 이거 확 인터넷에 뿌려?"

"그러면 콩밥 드십니다."

"뭐?"

"불법 음란 동영상 유포 및 협박과 공갈, 갈취 절도까지 비빔밥처럼 잘 비비시면 10년도 가능합니다."

"뭔 소리를 하는 거래?"

"아줌마, 나이가 딱 남자 밝힐 30대 초중반이신 것 같은데 지금 들어가시면 40대 중반에 나오겠네요. 그럼 좋을 때 다 간 거죠."

"그래서?"

여자가 앙칼지게 내게 말했다.

"좋은 말할 때 동영상 찍은 핸드폰 내놓으라고. 입장 까면 나도 곤란해진다."

"뭐라고?"

"군산에서 주소지 변경해서 마산 교도소나 춘천 교도소까지 가면 서럽지. 그리고 춘천은 여기보다 엄청 추워."

나는 대충 동영상이 찍힌 핸드폰만 받고 나올 생각이다.

"이게 말이 안 통하네. 좋아, 확 뿌려주지."

"그거 뿌리면 인생 쫑난다."

나는 남자를 째려봤다.

"어떻게?"

"국회의원이 괜히 국회의원이야? 그 사람이 고검장 출신이야. 아, 너희는 고검장이 뭔지도 모르지? 고등법원 검사장 출신이거든. 그건 다시 말해서 아는 검사들이 엄청나다는 거지. 여기 지검장도 그 사람 후배라 검사가 달라붙어서 털기 시작하면 없던 죄도 생겨. 감방 가서 출소하면 다시 털려서 감방가고, 출소하면 다시 털려서 감방가고 그러다가 보호 감찰 받으면 아줌마는 노후 준비가 안 돼서 나중에 탑골공원에서 박카스 팔지도 몰라."

"뭐라고요?"

"당신이 뭔데 헛소리야?"

띠링~

그때 궁전다방 문이 열렸다.

그리고 배달을 나갔다가 아가씨 하나가 돌아오면서 나를 봤다.

"어, 스타 검사다!"

그 순간 꽃뱀과 양아치의 표정이 변했다.

"저… 박동철 검사님이시죠?"

그리고 오봉을 놓지도 않고 들고 와 내 옆에 찰싹 엉덩이를 붙이고 앉았다.

"맞네. TV에서 나오는 박동철 검사시네. 와 실물로 보니 더 잘생겼다."

순간 꽃뱀과 양아치의 표정이 굳어졌다.

"검, 검사님이시라고요?"

"입장 까면 곤란해진다고 했지? 동영상!"

내 말에 남자가 자신의 핸드폰을 바로 내밀었다. 그리고 나는 그 핸드폰에서 박두선과 관련된 사진을 모두 삭제했다.

물론 삭제 전에 내 핸드폰에 저장을 시켰지만.

'고검장 출신 꼬봉 하나 생긴 걸로 만족하고.'

요즘 느낀 것 중 하나가 검사로 할 수 있는 것은 한계가 있다는 것이다.

이런 생각이 드는 것은 나도 모르게 내 마음에 헛바람이 들었다는 의미겠지만 말이다.

"카드!"

그러자 여자가 바로 지갑에서 박두선의 카드를 꺼내 내밀었다.

"귀걸이는 이번에 산 것 같네."

"뺄까요?"

"됐고. 잘 들으세요. 오늘은 박동철 검사의 신분으로 온 것이 아니라 고 의원의 대부로 왔거든요."

"예, 검사님!"

"아니라고요. 검사의 신분으로 온 거 아니라고요."

"예."

조금 전까지는 어깨에 힘을 주던 양아치가 바로 고분고분한 강아지가 됐다.

"이런 생각을 하셨겠죠. 이거 까발리면 정치 생명 끝난다고. 그러니까 한 번 주면 계속 줘야 한다고. 한 번이 무섭지, 한 번만 주면 계속 준다고."

나는 힐끗 남자와 여자를 봤다. 아마 여자가 남자한테 한 번 주고 저런 관계가 됐을 것 같다.

"아… 아닙니다."

"그 사람, 정치 생명 끝나면 당신들도 무사하지 못해요. 그리고 똥을 만지면 똥독 올라요."

"예?"

"그렇다고."

"…예."

"신분증."

내 요구에 여자와 남자가 신분증을 내밀었다.

그리고 나는 신분증에 나와 있는 주민번호를 외웠다. 그리고 저것들이 겁을 먹게 핸드폰에 저장도 했다.

"이제 우리가 아름답게 뭘 해야 할까요?"

"저… 저희가 무엇을 하면 되겠습니까?"

"자수하셔야죠."

"예?"

다시 한 번 멍해졌다. 죄를 지었으니 처벌을 받는 것은 당연할 것이다.

"잘못했습니다. 검사님! 살려주십시오."

"내가 말했죠? 입장 까면 곤란해진다고. 마 수사관!"

"예, 검사님!"

"체포, 아니, 자수로 하죠. 그게 좋겠네. 결정하세요. 자수세요, 체포세요? 아시겠지만 자수가 형량이 낮죠."

"…자수로 하겠습니다."

이렇게 되면 어떻게 되냐고?

박두선 뭐가 된 거다.

"좋네. 자수로 하는 겁니다. 피해자는 아무 소리도 안 할 겁니다."

"예?"

"하고 싶은 말만 하면 된다고. 구치소에서 머리를 잘 굴려봐. 그 사람은 지갑을 그냥 잊어버렸다고 할 겁니다. 아시겠어요?"

"아~ 예."

"어떻게 해야 하는데?"

"지갑을 주워서 카드를 몰래 썼다고 하자."

어이가 없는 순간이다. 검사 앞에서 자신들의 죄에 대해 입을 맞추고 있었다. 저것들이 머리가 나쁘거나 박두선 의원이 머리가 나쁘면 매춘에 관련한 것도 얼떨결에 말할지 모른다.

그렇게 되면 그저 박두선만 재수가 없는 거다.

"갑시다. 저 바쁘거든요. 진짜 꽃뱀 가죽을 벗겨야 하거든!"

그렇게 대충 철저하게 박두선의 청탁을 마무리했고 강솔미의 남자인 기성을 구치소에서 검찰청으로 소환했다.

＊　　　＊　　　＊

기성을 구치소에서 검찰 조사실로 호출했다. 현재 강솔미의 범죄 사실은 불법적인 카메라 설치가 전부다. 그건 아무리 풀 배팅을 해도 징역 1년이 넘지 않는다.

기타 이것저것 어거지로 명예훼손 및 모욕죄까지 적용해도 유기징역 2년을 넘을 수 없다. 그러니 기성이 강솔미의 여죄를 찾아내는 키다.

'공범이니까.'

내가 그랬으니까. 공갈과 협박, 금품 갈취에 대한 모든 것을 같이했다. 그러니 기성도 그럴 것이다.

"동영상, 어디다가 넘기려고 했어요?"

우선은 시간이 좀 걸려도 겉으로 돌아야 한다.

바로 시간 낭비 안 하려고 훅 찌르면 반발심이 생기니까.

"…저는 잘 모릅니다."

제일 짜증이 나는 것이 모르쇠로 일관하거나 묵비권을 행사하는 것이다.

"모르시는구나."

"저는 아무것도 모릅니다."

"기성 씨, 전과 기록 있더라고요. 폭행과 협박으로 별을 두 개나 다셨더라고요."

"죗값은 받았습니다."

그래도 전과 2번이라고 검사를 대할 준비가 되어 있는 것 같다.

"그렇죠. 죗값을 받으셨죠. 그래서 이야기를 하자는 겁니다. 하지만 결국 공범이죠. 이런 경우에는 남자가 주체가 되죠. 여자는 그냥 남자가 시켰다고 하면 그만이거든요."

내 말에 기성이 살짝 인상을 찡그렸다.

"남녀평등 사회를 부르짖으면서 이런 곳에서 남녀평등이 안 되네요."

"할 수 없죠."

"강솔미 씨를 사랑하세요?"

내 말에 기성이 나를 빤히 봤다.

나도 저랬다. 딱 저런 눈빛이었다.

그저 사랑이라고 생각했다.

치명적인 독인지는 모르고 말이다.

"사건과는 관계가 없는 이야기 같습니다. 검사님!"

"좋습니다. 하지만 나는 기성 씨가 걱정이 되어서."

"걱정 안 해주셔도 됩니다."

불법 동영상 촬영은 크게 처벌을 받지 않는다는 것을 놈도 아는 것이다. 그러니 강솔미도 운이 좋으면 집행유예로 풀려날 수도 있다.

그러니 어떻게든 여죄를 찾아야 하는 것이다. 기성도 이렇게 나오는데, 닳고 닳은 강솔미는 나를 찜 쪄 먹으려고 할 것이다.

모텔에서 나와 거래를 하려고 할 정도의 강심장이니까.

"알겠습니다. 그렇다면 박동식, 우지태, 최민수, 이건영, 오영수를 아세요?"

남자는 여자보다 질투심이 강하다.

"예? 그게 누군데요?"

"강솔미의 전 남자."

"…도대체 무슨 소리를 하고 싶은 겁니까."

기성이 인상을 찡그렸다.

"여기서 아무도 모르는 공통점이 하나가 더 있는데 궁금하지 않나요?"

"으음……."

"궁금하실 건데?"

"안 궁금합니다."

"그러시구나. 정말 사랑하시나 보네. 제가 말씀을 드린 남자들 모두 다 강솔미를 사랑한 남자라는 겁니다."

"그래서요?"

나를 노려봤다.

"그런데 내가 이 사람들을 찾으려고 하는데 찾을 수가 없어요."

물론 내가 호명한 사람들의 이름은 모두 뻥이다.

"뭐라고요?"

"왜 찾을 수가 없는지 모르겠네. 강솔미, 나이 30세."

"뭐라고요? 30살이라고요?"

나이를 속인 모양이다. 그 자체로 충격을 먹은 것을 보니까.

"왜요? 나이를 속였나요? 하긴 보기에는 26살 정도 되어 보이죠. 미인이기는 하잖아요."

"나이야 뭐 상관이 없죠."

"그렇죠. 하여튼 30세인 강솔미는 지금까지 다섯 명의 남자와 같이 동거 비슷한 것을 했습니다. 20살부터 했다고 해도 다섯 명이고, 25살부터 했다면 1년에 한 번씩 남자를 갈아치운 거죠. 같이 지내신지 얼마나 되셨죠?"

"1년 됐습니다."

"그럼 기성 씨까지 해서 여섯 명인데, 우리가 밝혀낸 강솔미의 남자만 6명입니다. 당신 빼고 대한민국 검찰청이 눈을 불을 켜고 찾는데 찾을 수가 없네요. 이유가 뭘까요?"

사실 나도 그게 의문이다. 어쩌면 다섯 명 이상일 수 있다는 생각이 들었다.

"으음……."

"주민등록은 말소가 안 됐는데, 행방이 오리무중이네."

불타버린 봉고차처럼 강솔미의 남자들은 사라지고 없었다. 사실 나는 그게 제일 의심스럽다.

시체 없는 살인은 없는 법이다.

어떤 측면에서는 나는 강솔미가 그들을 살해했다는 생각도 하고 있다.

하지만 대한민국의 법은 증거 원칙주의다. 그래서 시체 없는 살인은 그 자체로 성립이 안 된다.

그래서 이렇게 기성을 압박하고 있는 것이다.

"정… 정말 찾을 수가 없습니까?"

"없어요. 그래서 저희는 기성 씨가 무척이나 중요한 용의자로, 또 신변 보호를 해야 할 인물로 정해놓고 있습니다."

내 말에 살짝 심경의 변화가 있는 것 같다.

"그 남자들이 어떻게 되었을까요?"

"저는 모릅니다."

"흑거미란 게 있죠. 거미는 종족 번식을 하고 암컷이 수컷을 잡아먹어요. 영양분을 보충하기 위해서. 저는 그렇다고 보거든요. 강솔미가 흑거미라고."

"…저는 아무것도 모릅니다."

"저도 아무것도 몰라요. 제가 아는 것은 확률이죠. 다섯 남자들이 사라졌어요. 그리고 기성 씨가 저희한테 검거가 안 됐다면 사라졌을 확률이 높다는 거."

내 말에 기성이 파르르 떨었다.

"전… 전……."

"미궁에 빠지는 사건들이 많죠. 검사도 신이 아니니까. 하지만 독한 검사를 만나면 끝까지 따라 붙습니다. 제 관할에서 겨우 몰래카메라를 설치한 강솔미를 잡으려고 이러는 것 같나요? 저는 서울지검에 있을 때부터 강솔미에 대해 내사를 했습니다. 밝혀질 때까지 찾습니다. 아는 것 있으면 말하세요."

"저는……."

"제가 내사한 사항으로는 강솔미는 꽃뱀이죠. 지능적인 꽃뱀이라서 국내 저명인사나 부유한 사람들에게 접근을 합니다."

내 말에 기성이 살짝 놀란 기색을 숨기지 못했다.

"가해자는 있는데 피해자는 없어요. 재미있지 않나요? 그리고 검사가 수사를 해요. 피해자도 없는데 뭘 의미하는지 아시겠어요?"

내 말에 기성이 나를 빤히 봤다.

"강솔미 사건에 꽂혔다는 겁니다. 나는 끝까지 갑니다."

"검사님……."

"지금 묵비권으로 일관하시면 둘 중 하나가 될 겁니다. 강솔미의 사라진 남자처럼 되든가, 아니면 차후에 여죄가 밝혀져서 오늘 아무것도 말하지 않은 괘씸죄까지 더해서 꽤 오래 콩밥을 드시든가."

"정… 정말 사라졌습니까?"

"검사가 거짓말을 하는 거 봤습니까?"

사실 검사가 제일 많이 거짓말을 한다.

"으음……."

"제가 알고 있는 사항으로는 우선 강솔미가 접근을 하고 모텔로 유인해서 섹스가 끝난 후에 당신이 급습을 하죠. 그리고 상간남을 박살을 내죠. 전형적인 고전방식인데, 그게 아직도 아주 잘 먹히죠. 죽을 만큼 두들겨 맞아서 상간남은 정신도 없고. 아닙니까?"

내가 미래에서 강솔미와 했던 스토리다. 그러니 누구보다 잘 안다.

"어… 어떻게?"

"말하세요. 그럼 제가 선처를 해드리죠."

나는 기성에게 형량을 거래하겠다는 투로 말했다. 물론 기성은 사회의 절대적인 악은 아니다. 그러니 어느 정도 협조를 한다면 형량을 조절해 줄 생각도 있다.

최소한 기성만큼은 풀 배팅으로 때릴 생각이 없다.

도구는 죄가 없다.

그 도구를 가지고 휘두르는 것들이 죄가 있다.

한마디로 살인자의 칼에게 죄를 묻는 법은 없으니까.

"…제가 알고 있는 사건은 몇 가지 없습니다."

드디어 기성은 실토하기 시작했다.

"그 사건을 말씀해 주시면 됩니다. 제가 내년 가을 단풍은 밖에서 볼 수 있게 해드리죠."

그럼 형량이 12개월 이내라는 것이다.

"정, 정말이십니까?"

"그렇게 구형해 드리죠."

나는 진술서를 기성에게 내밀었고 기성은 진술서를 뚫어지게 보다가 나를 봤다.

"검사님!"

"더 하실 말씀이 있으십니까?"

"그런데 어떻게 카메라를 찾으셨습니까?"

"내가 왜 이 사건에 더 치를 떠는 줄 아십니까?"

"왜……."

"내가 그 모텔에서 카메라 검사가 될 뻔 했거든요. 내사도 하고 있는데 악연이네요. 강솔미라는 여자."

"…알겠습니다. 진술하겠습니다."

기성도 검사가 개인적 감정을 가진다면 형량이 엄청나게 높게 나온다는 것을 아는 것이다. 사실 법원 앞에 보면 심판의 여신이 저울과 칼 그리고 눈을 가리고 있는 동상이 있다. 저울을 통해 죄인의 죄를 정확하게 판단하고, 칼로 엄벌하겠다는 의미다.

그런데 문제는 눈을 가리고 있다.

죄인을 보지 않고, 죄인의 죄만 보겠다는 의미다. 하지만 그렇기 때문에 정확하게 보지 못한다.

죄는 미워도 사람은 미워하지 말자?

그건 개소리다.

실제로 공정한 법의 심판은 없다.

결국 법의 집행도 사람이 하는 거니까.

"적으세요. 법의 집행도 결국 사람이 하는 겁니다."

내 말은 기성에게 자신에게 유리하게 구형을 해주겠다는 것처럼 들릴 것이다.

"예, 알겠습니다."

"딱 지은 죄만큼 처벌을 받을 겁니다. 그리고 그중에서 꽤 많이 감경이 될 겁니다."

"알겠습니다. 검사님!"

기성은 그렇게 진술서에 몇 개의 사건을 진술했다.

'…1년 동안 이렇게 많이 작업을 했네.'

대충 2억씩 벌었다고 해도 10억 이상 갈취를 한 것이다.

"사건 위주로 적지 말고, 시간 위주로 적으세요."

나는 또 한 장의 진술서를 내밀었다.

"예?"

"강솔미의 죄가 클수록 협조자인 기성 씨의 죄는 적어지죠."

"예."

"그리고 4번째 사건 기성 씨가 적극적으로 개입이 안 됐네요."

"그렇습니다. 그건 솔미가 전화를 해서 해결했습니다."

"빼세요."

나는 짧게 말하고 기성을 보며 살짝 윙크를 했다.

"그래도 됩니까?"

"협조자이신데 제가 신경을 써 드려야죠."

믿음을 줘야 한다.

그래야 강솔미의 죄라는 죄는 다 적을 거니까.

그리고 원래 고자질이 제일 재미가 있는 법이다.

"감사합니다."

"시간 단위로 적으세요. 저는 공갈 협박으로 강솔미를 엮을 생각이 없습니다. 저는 강솔미의 전 남자들이 사라진 것이 강솔미와 연관이 있다고 생각합니다."

내 말에 기성이 인상을 찡그렸다.

내게 검거되지 않았다면 자신도 그렇게 될 수 있었다고 생각하는 모양이다.

"정말 찾을 수가 없었습니까? 검사님!"

"대한민국 검사가 찾으려고 기를 써서 못 찾으면 그 이유는 딱 하나입니다."

내 말에 기성이 나를 봤다.

"그 이유는……."

"시체도 사라졌다는 겁니다."

겁을 준 거다. 물론 강솔미의 전 남자들의 행방이 묘연한 것은 확실하지만 말이다.

하지만 검사로서 그런 추측도 할 수 있었다. 찾을 수 없다면 죽은 건데, 죽었는데 사망 신고도 없고 시체도 없다면 또 하나의 엄청난 사건이라는 것이다.

"기성 씨는 저를 만나서 운이 좋은 줄 아시면 됩니다."

"예, 검사님!"

"첫 번째 진술서는 다 적으셨죠?"

"예, 검사님!"

"주세요."

내 말에 기성이 공손히 사건 위주로 적은 진술서를 내게 내밀었다.

'피의자는 있는데 피해자가 있을지 모르겠네.'

강솔미에게 당했지만 신고를 안 했다는 것은 돈보다 알량한 명예를 따지는 것들이라는 의미일 것이다. 그러니 전화를 해도 내가 그런 피해를 입었습니다. 라고 자백할 놈은 없을 것이다. 하지만 전화번호도 있고 이름도 있으니 전화는 해봐야 할 것 같다.

그게 검사가 해야 할 일이니까.

*　　　　*　　　　*

검찰 조사실 밖 복도.

따르릉~ 따르릉~

모르는 번호라서 잘 안 받는 모양이다.

따르릉~ 따르릉~

달칵!

몇 번이고 전화를 다시 걸자 겨우 전화를 받았다.

—누구세요?

계속 내가 전화를 하자 짜증스러운 목소리다.

"군산검찰청 박동철 검사입니다. 오기술 씨 되시죠?"

—군산검찰청?

"예, 그렇습니다. 검찰청이라고 하니까 당황하셨을 겁니다."

나는 최대한 정중하게 전화를 걸어야 했다.

나는 강솔미에게 그런 공갈 협박을 당한 적이 없소. 이러면 끝이니까. 참 애매하다. 검사가 가해자는 잡았는데 피해자가 없을 것을 걱정해야 하니까.

—요즘 신종 전화 사기가 있다고 하더만! 끊어 이 병신 새끼야!

뚝!

나도 모르게 순간 멍해졌다. 그리고 미래의 기억이 떠올랐다.

'검찰청 보이스 피싱으로 보이나? 쩝!'

"허, 참. 당황하지 말라는 소리까지 했는데."

어이가 없다.

"…정말 어이가 없네."

다섯 명에게 전화를 했는데 다섯 명 다 피해 사실이 없단다.

가해자는 있는데 피해자가 없다.

예전에 대도 사건이 났을 때 물방울 다이아몬드를 털린 집에서 자신이 도둑맞은 것이 아니라고 말하는 것과 비슷했다. 이미 돈은 뜯겼는데 괜히 자신이 피해자라고 하면 사건이 될 것이고 귀찮아질 것 같아서 이러는 것 같다.

"…왜 그러십니까? 검사님!"

"가해자는 있는데 피해자가 없네요."

"예상하셨잖습니까?"

"이러면 1년 이상 못 처넣는데……."

변호사를 잘 쓰면 집행유예로 나올 수도 있다. 하지만 그렇게 되게는 두지 않을 것이다. 조직적으로 카메라를 설치했으니까. 내가 확보한 카메라만 15개다.

"금융감독원에 계좌 추적 의뢰를 해보세요."

"기각이 될 겁니다."

오 수사관이 말했다.

그리고 오 수사관은 끝내 우리 형사2부로 발령을 받았다. 뭐 발령 받기도 전에도 거의 여기서 생활을 했지만 말이다.

"그런가요? 피해자가 없으니까요."

"강솔미의 계좌를 추적해 보겠습니다."

"그러세요."

강솔미의 계좌를 추적하면 입금자가 나올 것이다. 그걸로 다시 피해자들을 압박해 볼 생각이다. 물론 말이 통하지 않겠지만 말이다.

"참, 어이가 없네."

"그런데 검사님! 왜 이렇게 꽃뱀 사건에 집중을 하십니까?"

오 수사관이 궁금하다는 듯 내게 물었다.

"그러게요."

뭐라고 말을 해야 할지 모르겠다. 회귀하기 전에 겪었던 악감정 때문이라고 말할 수 없으니까.

"저는 다시 조사실로 가 보겠습니다."

"예, 검사님! 그런데 검사님, 이게 왔는데요."

"뭡니까?"

배신자 미스 신의 대체자로 사무관 한 명이 내게 배정이 됐다. 7급 검찰 공무원으로, 최 사무관이 지방 발령 신청을 해서 내려왔다.

나중에 안 사실이지만 실연을 당했단다. 그래서 군산까지 내려왔단다. 하여튼 믿을 수 있는 사무관이 와서 다행이다. 이제는 같은 식구를 처벌해야 할 확률은 많이 줄어들었으니까.

"인터넷에서 난리가 난 사건인데 다른 검사님이 꺼려하셔서 검사님한테 배정이 된 것 같아요."

"인터넷에서 난리라니요?"

"대야수산 황제노역 사건 모르세요?"

최 사무관이 인터넷도 안 보냐는 눈으로 나를 봤다.

"황제노역이라고요?"

"예, 인터넷에서 먼저 기사가 터져서 다시 검찰 수사가 시작된 사건입니다. 1일 노역으로 벌금을 3억씩이나 까주네요."

최 사무관이 어이가 없다는 눈빛으로 내게 보고를 했다.

"…예?"

나도 어이가 없다. 벌금을 내지 못하면 구속이 되고 노역을 한다. 그리고 일정한 비율로 벌금을 까준다. 그런데 1일 노역한 것으로 3억을 까준다는 말에 나도 모르게 화가 치밀었다.

"하여튼 이 사건 검사님한테 떨어졌어요."

다시 말해 다른 검사들이 꺼려 한다는 것이다.

그러니 군산지청의 꼴통인 나보고 하라는 거다.

"검사님한테 배정이 되었다니까 인터넷에서 시원하게 구형 쏴 주라고 난리네요."

"나중에 사건 기록 보겠습니다."

"예, 검사님!"

하여튼 오늘 여러모로 어이가 없다.

*　　　　　*　　　　　*

구치소 특별 면회실.

지긋한 중년의 남자가 도도한 눈빛으로 변호사를 보고 있고, 누가 보면 임금님 수라상처럼 보일 도시락을 먹고 있었다.

"배정된 검사가 누군데?"

"…그게 말입니다. 형님!"

변호사가 남자를 형님이라고 불렀다.

"누군데?"

"군산 꼴통 검사로 유명한 박동철이 사건 배정을 받았답니다."

"그게 누군데?"

이 중년의 남자도 인터넷은 안 보나 보다.

"군산 국제 인신매매 사건을 일망타진한 검사 있습니다."

"사법시험 몇 기인데?"

"저랑 비교해도 한참은 후배죠."

"조 판사랑은?

"매제와 비교해 봐도 한참 후배입니다"

"잘 이야기해 봐. 여기는 군산이잖아."

"예, 알겠습니다. 하지만 이번에는 좀 머리 아플 것 같습니다."

"내 사위가 판사인데 뭐가 머리가 아파?"

"인터넷에서 난리도 아닙니다. 황제노역이라고."

"나, 돈 없어. 돈이 없어서 이렇게 구치소에서 징역 살잖아."

"그렇죠. 형님!"

그런데 지금 처먹고 있는 도시락만 해도 수십만 원은 할 것
같다.

"그리고 식사 때 좀 잘 맞춰서 오면 안 되나? 아침, 점심, 저녁
을 제때 먹어야 하잖아."

"예, 형님!"

"잘 타일러 봐. 같은 법조인끼리 물어뜯을 필요 없다고."

"예, 알겠습니다."

"그리고 이 스시는 별로네. 나, 자연산 아니면 안 먹는 거 알지?"

"예, 압니다. 형님!"

"120일만 여기 있으면 벌금 다 까는 거네. 후후후!"

다시 말해 이 남자에게 내려진 벌금형이 자그만치 360억이라
는 것이다.

"죄를 지었으면 법대로 제대로 처벌을 받아야지. 나처럼 말이
야. 죄를 숨기면 안 되는 거지."

"그렇죠. 형님!"

정말 어이가 없는 순간이다.

*   *   *

검사실

내가 다시 조사실로 향하려는데 조명득의 핸드폰이 울렸다.

"안녕하세요. 강 형사님!"

조명득이 전화를 받자마자 내게 잠시 기다리라는 시늉을 했다.

—잘 계셨죠? 조 수사관님!

나는 조명득을 봤다.

—저번에 부탁하신 거 있잖아요. 불탄 봉고차에 대한 거 사소한 거라도 있으면 알려달라고 하셨잖습니까?

"그랬죠. 뭐 단서라도 나왔습니까?"

—그 봉고차를 탔다는 불법 체류자를 잡았거든요. 확실한 건 아닌데, 말하는 투가 그 봉고차 같습니다. 원래는 가평에 가려고 했는데, 도중에 내리라고 해서 내렸답니다.

"불법 체류자라고요?"

—예, 정확하게 말하면 밀항자로 추정됩니다.

통화를 하던 조명득이 테이블에 올려놓은 메모지에 밀항자라는 단어와 칠곡 그리고 봉고차를 적었다.

"그래요? 그런데 어떻게 불법 체류자를 체포하셨습니까?"

—고용주가 임금을 안 줘서 신고했는데, 폭행 사건으로 조사하다 보니 엉뚱하게 걸렸네요.

일은 이렇게 엉뚱한 곳에서 터지는 법이다.

"예, 알겠습니다. 검사님께 말씀드리고 가겠습니다."

—예, 오세요. 제가 한잔 사겠습니다. 하하하! 끊습니다. 수고하십시오.

통화가 끝났고 나는 신기한 눈빛으로 조명득을 봤다.

"칠곡 경찰서입니까?"

"예, 칠곡에서 단서가 나왔네요."

조명득이 나를 보며 미소를 보였다. 그런데 이해가 안 된다. 경찰도 공무원이라 자신의 사건이 아닌 것에 그렇게 큰 관심을 보이지 않는다.

그런데 관심을 가지고 전화를 해줬다는 것이 신기했다.

"칠곡에서 연락을 다 주네요."

"활동비 좀 썼습니다."

"예?"

"대가 없는 노동은 없죠."

조명득이 엉뚱한 소리를 했다.

"그날 제가 따로 강 형사한테 좀 찔러줬습니다. 사소한 일이라도 의심스러운 것이 있으면 알려달라고."

역시 돈이 좋다. 그리고 받아먹은 것이 있으면 꼭 일을 할 수밖에 없다는 생각도 들었다.

이래서 뇌물이 무서운 것이다.

받아먹으면 꼭 뭐를 해줘야 하니까.

"잘하셨네요."

"같은 식구끼리 좀 챙겨주니까 열심히 하네요. 그런데 그 봉고차를 탔던 사람이 가평으로 갔다가 강제로 내리라고 해서 내렸답니다."

그 순간 미스 신이 떠올랐다. 미스 신이 정보를 흘렸고, 그와 동시에 움직였다는 생각이 들었다. 사실 미스 신에게 형량을 감형해 줄 테니 아는 것이 있으면 다 말하라고 했지만, 미스 신이 아는 것은 대포폰 전화번호뿐이었다. 결국 점조직으로 움직이지만 거대한 조직이 개입되어 있다는 확신만 가졌다.

이제야 꼬리 하나를 잡은 것이다.

"가봐야겠네요."

"강솔미 일 다 정리를 하고 가죠."

"예, 검사님!"

기성은 내가 내민 진술서에 빈틈없이 가득 적었다. 이건 어떤 면에서는 진술서라기보다는 자신의 일정 기간을 적은 일대기 같았다.

'…가평?'

그런데 기성의 진술서에 가평이 나왔다.

"가평에 별장을 지어서 살겠다고 했다고요?"

"예, 강솔미가 가평 잣 공장에 투자를 했다고 들었습니다."

"…가평?"

"저한테도 미리 거기 가서 기술을 배워두라고 했습니다. 꽃도 시드니까 나중에서는 거기서 잣 공장이나 운영하면서 살자고."

순간 뭔가 있다는 생각이 들었다.

칠곡에서 가평으로 가던 밀항자와 강솔미의 가평이 연결이 되는 것 같다. 하지만 그 연결 고리가 뭔지 모르겠다.

'강솔미의 남자들은 시체도 없이 사라졌고……'

순간 나도 모르게 몸을 부르르 떨었다.

'설마……!'

생각하지도 못했던 것이 떠올랐다. 밀항자와 실종자, 강솔미, 거기다가 불탄 봉고차 그리고 미스 신의 전화와 함께 불타버린 봉고차. 작은 사건은 아니라는 생각이 들었다.

"제가 아는 것은 이게 답니다."

"가평의 잣 공장에 가 보셨어요?"

"가보자고 했는데, 갑자기 잣 공장의 가동이 멈췄다고 나중에 시간 나면 가자고 했습니다. 그런데 왜 그러십니까?"

"그게 언제입니까?"

"예?"

"잣 공장의 가동이 멈췄다는 시기 말입니다."

엉뚱한 곳에서 실마리가 풀리고 있었다.

"한 넉 달 정도 된 것 같습니다."

4달이면 밀항자 인신매매 및 감금 사건이 한창 진행이 되면서 검거 작전을 할 때다.

'연결 고리가 있다.'

이제는 칠곡으로 가야 할 것 같다. 그리고 밀항자들을 조사한 후 가평으로 가봐야 할 것 같다.

피라미만 잡았던 사건이 엉뚱하게 다시 수면 위로 떠올랐다.

"검사님!"

"예."

"정말 강솔미의 전 남자들이 사라진 겁니까?"

"예, 모두 사라졌습니다."

기성은 여전히 그 사실이 믿어지지 않는 모양이다.

"하여튼 이번 진술서가 도움이 많이 됐습니다. 제가 적극 고려를 하겠습니다."

"감사합니다. 검사님!"

*   *   *

야당 대표실.

박두선 의원이 침울한 표정으로 야당 대표를 봤다.

"…그러니까. 박동철 의원이 이미 여당과 손을 잡고 다음 총선에 출마 의지를 밝혔다는 겁니까?"

"예, 제가 내려갔을 때는 이미 이야기가 끝난 상태라고 했습니다. 저를 미리 알았다면 선택을 달리했을 거라고 했었습니다."

"으음……."

야당 대표가 신음 소리를 토해냈다.

"대안이 뭡니까?"

"어떻게든 박동철 검사가 내년 총선에 출마를 하지 못하게 하는 겁니다."

"그럼 여당과 손을 잡은 것도 언론에 터뜨릴 수도 없겠군요."

"그렇습니다. 어떻게든 검사 생활을 계속하게 만들어야 합니다."

"어떻게요?"

야당대표가 박두선 의원을 봤다.

"제가 어떻게 설득해 보겠습니다."

박두선은 이미 박동철이 정치에 관심이 없다는 것을 알기에 다시 나섰다.

"그래 주시겠습니까?"

"예, 제가 어떻게든 출마를 저지해 보겠습니다."

"여당이 박동철 의원과 함께 수구꼴통 이미지를 벗으면 내년 총선에 희망이 없습니다. 또 선거의 여왕이 추억팔이를 할 텐데 승산 없습니다."

"예, 대표님! 제가 무슨 수를 써서라도 막겠습니다."

"그것만 막아주시면 최고의원 자리를 약속드리죠."

야당 대표의 말에 박두선 의원은 속으로 쾌재를 불렀다.

'내가 대부님 덕을 보네. 흐흐흐!'

이래서 국회의원은 기회를 잘 잡는 기회주의자들이다.

*   *   *

여당 총재실.

"박동철 검사가 야당 박두선 의원과 술자리를 했다고요?"

"동문회를 가장한 모임으로 포장이 됐습니다."

계파 의원의 말에 여당 총재가 인상을 찡그렸다.

"…그럼 비밀리에 내년 총선에 출마를 할 수도 있다는 것 아닙니까?"

"그럴 가능성도 있습니다."

"그럼 안 좋은데……."

"지금은 박동철 검사의 행보를 지켜보시는 것이 좋을 것 같습니다."

"그래야겠네요. 우리 쪽 사람이 될 수 없다면 그대로 검사로 남아주는 것이 좋죠."

"검찰총장에게 귀띔을 해서 서울로 불러들이는 것은 어떻습니까? 특검으로 임명을 해서 검사로 승승장구를 하게 만드는 것도 좋은 방법인 것 같습니다."

계파의원이 박동철의 처리 방법을 제시했다.

"그건 아닌 것 같습니다. 제가 보기에는 불도저 같은 성격이라고 들었습니다. 내년 총선까지는 시간이 꽤 있습니다. 특검으로 임명이 되었다가 사건을 몇 가지 해결하고 야당 소속으로 총선에 출마하면 호랑이한테 날개를 달아주는 꼴이 됩니다."

다른 의원이 총재에게 말했다.

"그러네요. 당분간 군산에 있어야겠네요. 지금은 활동 반경을 만들어줄 필요는 없습니다."

여당총재가 살짝 미소를 보였다.

"지금은 국민들의 관심을 받지만, 인기라는 것이 허망하죠. 금방 사라지는 거니까. 관리를 안 하면 말입니다."

"그렇습니다. 총재님!"

"하여튼 박동철 검사 영입은 관망해 봅시다."

"예."

정치권은 박동철의 생각대로 이뤄지고 있었다.

그리고 같은 시간 박동철은 칠곡으로 향하고 있었다.

스스로 이슈를 만들지는 않지만, 엄청난 사건 속으로 달리고 있는 그였다.

제5장

법으로 안 될 것 같아서

굳어진 마음으로 칠곡으로 향한 지 얼마 지나지 않았을 무렵 비가 부슬부슬 내리기 시작했다.

그리고 운전을 하는 조명득이 내 눈치를 보고 있다.

"뭐가 궁금한데?"

"와 우리 둘만 가노?"

미궁 속에 빠졌던 사건을 해결할 수 있는 실마리를 찾았는데, 다른 수사관들에겐 다른 임무를 주고 조명득과 칠곡으로 향했다.

그게 궁금한 모양이다.

"…법으로는 해결이 안 될 것 같아서."

"뭐가?"

"증거가 없으면 처벌을 못하잖아."

"그래서?"

"이번도 증거가 없을 것 같아서."

"너는 뭘 쫓고 있는데?"

"죽음의 천사."

"뭔 뚱딴지같은 소리를 하노?"

"이 사건은 불법 장기 적출이야. 그리고 밀매가 있을 거고."

내 말에 잘 놀라지 않은 조명득이 나를 봤다.

'사이코패스도 놀라는 것이 있네.'

어전히 조명득의 신악의 저울은 50 대 50이다. 그리고 사이드 미러에 보이는 내 선악의 저울은 9 대 91이고.

9—91

예전에 비해 선의 수치가 꽤 많이 올라갔다.

한때에는 악의 수치가 96까지 갔었던 적도 있었다.

그리고 이 선악의 저울은 가변성이 있다는 것을 다시 한 번 떠올렸다.

"확실하나?"

"정황이 그래."

그래서 마음이 무겁다.

"그런 엄청난 사건이 어떻게 아직까지 안 밝혀졌을까?"

대한민국 검사들과 경찰들은 놀지 않는다.

그런데 밝혀진 사건이 없다는 것은 그만큼 은밀하게 이뤄지고 있다는 의미다.

사실 그 어떤 사건보다 실종 사건을 대하는 경찰들의 마음가

짐은 허술하다.

미성년자가 실종이 되면 좀 신경을 쓰지만, 성인이 실종이 됐다고 신고하면 실종으로 처리하지 않고 가출로 처리를 하는 경우가 많다. 그리고 대부분은 수사를 확대시키지 않는다.

그러니 충분히 허점을 노릴 수가 있는 것이다.

그리고 그 대상이 가족이 없는 노숙자나 이렇게 대한민국의 법의 울타리에서 벗어나 있는 밀항자나 불법 체류자라면 더 쉬워질 것이다.

찾는 사람도, 신고하는 사람도 없으니까.

"관심이 없으니까."

내 말에 조명득이 고개를 끄덕였다.

사실 이런 장기 매매나 강제 장기 적출은 대한민국보다 중국이 더 심한 것으로 알려져 있다.

거기는 워낙 사람이 많고 공권력이 미치지 못하는 곳이 많으니까.

하지만 대한민국에서도 내가 생각하고 있는 이 참담한 사건들이 일어나지 말라는 법은 없다.

모든 욕망의 끝에는 돈이 있다. 그리고 돈은 모든 욕망을 살 수 있다. 그리고 인간은 한없이 욕망을 추구하는 존재이니 무슨 짓이든 못할 것이 없다.

"어떻게 할 건데?"

"일단은 가 보자."

정해져 있는 답은 없다. 정해놓은 결론도 없다.

그저 내가 생각하고 있는 일이 아니기를 바랄 뿐이다.

"…비 정말 구질구질하게 오네."

조명득도 투덜거리듯 말했다.

"그러게."

*　　　　*　　　　*

서울 최문탁의 사무실.

"우 실장이 박 사장에게 전화를 했다고?"

우 실장은 25년 형을 받았다.

아마 칠순 전에는 바깥공기 마시기 어려울 것이다.

"예, 아마도 우 실장이 형님을 노릴 것 같습니다."

상두의 말에 최문탁이 피식 웃었다.

"그럴 힘이 없어."

"하지만 조심하실 필요는 있습니다."

"그래, 조심해서 나쁠 것은 없지. 그런데 박 사장은 요즘 뭐해?"

최문탁은 박 사장에 대해서 물으면서도 인상을 찡그렸다.

"요즘 잠잠한 것 같습니다."

"언젠가는 쳐내야 해."

"예."

"언제 터질지 모르는 뇌관이야. 터지면 칠승파도 끝장이다."

최문탁은 박 사장이 하는 일에 대해서 구체적으로 알고 있는 것 같았다.

"칠까요?"

"같은 식구끼리 그럴 수는 없지. 그리고 어찌 되었던 내가 산

것도 박 사장 덕이고."

최문탁은 인상을 찡그렸다.

칠승파에게 엄청난 위협이 될 뇌관이라는 것을 알면서도 최문탁은 바로 정리를 하지 못한다는 투로 말했다.

"그렇기는 합니다. 그런데 아직까지 그런 사업을 한다는 것은……"

최문탁은 상두의 말에 피식 웃었다.

"이제 생각이라는 것이 생긴 모양이네. 우리 상두!"

"좀 그렇잖습니까?"

"그렇지. 그런데 말이야. 하나가 죽으면 8명이 살지. 그거 묘하지 않나?"

"예?"

"박 사장이 나한테 그렇게 말을 하더군. 하나가 죽으면 사경을 헤매는 나 같은 사람 8명이 산다고."

불법 장기 매매도 결국은 누군가를 살리는 일일 것이다. 하지만 분명한 것은 생명의 무게가 한 사람이든 그 이상이든 다를 것이 없다는 것이다.

절대적으로 수치만으로 비교할 수 없다는 거였다.

"사는 사람은 살고 죽는 사람은 죽죠."

"그게 강제라는 것이 문제지."

최문탁도 어느 정도 불법 장기 밀매에는 거부감이 없는 것 같다. 자신도 그렇게 불법 장기 밀매를 통해 새로운 삶을 살게 되었으니까.

하지만 문제는 가평 박 사장, 그러니까 인천 짱개의 우두머리는 불법 장기 매매를 하는 것이 아니라 불법 납치에 의한 강제 장기 적출을 하는 놈이었다.

그것도 조직적으로.

그게 자꾸 마음에 걸리는 최문탁이다.

그러니 칠승파를 폭파시킬 수도 있는 뇌관이라고 생각하는 거였다.

"하여튼 감시를 잘 하겠습니다. 그리고 형님!"

"또 뭐가 있나?"

"이창명이 있잖습니까?"

"그 애가 왜?"

"보호를 받는 것 같습니다. 아직까지 살아 있습니다."

"흠… 박동철 검사가 보호하는 건가?"

"아무래도 그런 것 같습니다."

"의리는 있군."

"그냥 둡니까?"

"나보고 토사구팽을 하라고?"

"그건 아니지만 그냥 두면 형님이 사주한 것처럼 보일 겁니다."

"그렇게 안 보는 놈들이 있나?"

"그래도……."

"힘이 있으면 아무도 말하지 못하지. 힘을 잃으면 그대로 물어 뜯기는 거고. 이창명이는 그냥 내버려 둬. 아마 이 이후로 손을 씻을 거다. 출소 후에 민간인이 되면 그냥 내버려 두고……."

"예, 형님!"

"그리고 절대 박동철 검사 주변 사람 건드리지 마."

"예?"

"괜히 건드려서 좋을 것 없다. 끝까지 물고 늘어질 놈이니까."

"예, 알겠습니다."

"호랑이랑 사자는 서로 안 만나는 것이 좋지. 만나면 누구 하나 죽을 때까지 물어뜯는 것이 아니라, 그렇게 물어뜯다가 다 같이 죽는 거니까."

최문탁의 말에 상두가 알겠다는 듯 고개를 끄덕였다.

"하여튼 박 사장이 요즘 잠잠하니 다행이군."

"군산에서 그렇게 크게 걸리고 겨우 빠져나왔는데, 다시 시작하려면 꽤 시간이 걸릴 것 같습니다."

"이참에 멈추는 것이 좋을 건데……."

"그래도 가장 많이 남는……."

박 사장이 여전히 불법 장기 적출을 하는 것은 그 어떤 일보다 돈이 되기 때문이었다. 그리고 최문탁처럼 머리가 좋아서 다른 사업을 할 수 있는 것도 아니고.

"그렇지. 원래 사람은 자기 밥그릇 파먹고 사는 거지."

＊　　　＊　　　＊

칠곡 경찰서 조사실.

내 앞에 앉아 있는 남자가 내 눈치를 보는 것 같으면서도 어느 정도 당당함이 느껴졌다.

이 남자는 중국 용정 출신으로 밀항선을 타고 군산으로 와서 불에 탄 봉고차를 탔던 남자였다.

그리고 운이 좋아서 가평까지 가지 않고 칠곡에서 구사일생으로 살아난 거다.

물론 남자는 모르겠지만.

"판도식 씨죠?"

"예."

"밀항자시라고요?"

"그렇습다."

사실 고용주를 폭행하지 않았다면 그대로 추방을 당했을 것이다.

물론 밀항에 대한 죄는 중국에서 처벌을 받았을 것이고 하지만 국내인을 폭행했기에 한국에서 재판을 받고 처벌을 받은 후에 형을 다 끝내고 추방이 될 것이다.

"4개월 전에 이 봉고차를 타시고 여기까지 오셨다는 거죠?"

"봉고차를 타기는 했습니다."

내가 내민 CCTV 사진을 보여줬고 판도식은 유심히 보다가 기억이 날 듯 말 듯한 표정을 지어보였다.

"이 봉고차입니까?"

"기억이 잘 안 납니다. 그런데 왜 자꾸 봉고차에 대해서 물으십니까?"

폭행으로 구속이 됐는데, 경찰도 나도 봉고차에 대해서만 물으니 이상한 모양이다.

"중요한 일입니다."

"일 없소. 자꾸 똑같은 것만 묻지 말고 그 망할 놈의 지주 놈이나 어떻게 해주시오."

중국은 공산국가다. 그래서 저렇게 자신을 고용한 사람을 사장이 아니라 지주라고 말하는 것이다.

　"무슨 일 있었습니까?"

　"나는 개돼지가 아니오. 내가 비록 돈 때문에 밀항 배를 탔지만, 그래도 내가 중국에서 아이들 가르치던 선생이었소."

　순간 우리가 아메리카 드림을 꿈꾸며 미국으로 향했을 때를 떠올렸다.

　뉴스를 보면 그때 꽤 많은 한국 엘리트들이 미국으로 건너가 세탁소를 하고 접시를 닦았다고 했다.

　판도식도 그런 종류인 것 같다.

　월급의 차이가 엄청나니 불법이라는 것을 알면서도 밀항선을 탄 것이다.

　"좋습니다. 그럼 고용주를 왜 폭행하셨습니까?"

　사실 자신의 신분이 밀항자이기에 자신에게 불합리해도 참는 것이 보통이다.

　그런데 폭행을 가했다는 것이 이상했다.

　"내가 사람이라서 그렇소."

　"예?"

　판도식의 눈빛이 반짝였다.

　"내가 딸 가진 아비라서 그랬소."

　"무슨 소리입니까? 임금 미지불 때문에 폭행한 것 아닙니까?"

　"그 인간, 꼬박꼬박 일당 잘 줬소."

　이해가 안 되는 순간이다. 일복 많은 놈은 자꾸 일이 붙는다는 말이 있다.

그리고 이것도 또 하나의 사건이라는 생각이 들었다.

하지만 여기는 내 관할이 아니다.

그래서 내가 나설 수가 없다.

"무슨 일 있습니까?"

"동우리에 화선이라는 애가 있소."

"그런데요?"

"살짝 반편인데, 여기 말로 동네 냄비요. 보다 못해 주먹질을 했소. 대한민국이 중국보다 더하면 더했지, 덜하지 않다는 것을 알았소. 없는 것들, 모자라는 것들을 개돼지 취급하는 것은 더한 것 같소."

순간 떠오르는 단어는 도가니다. 물론 학교에 관련된 사건은 아니지만 말이다.

"사실입니까?"

"난 이제 한국 지긋지긋하오. 처벌하고 강제 송환시켜 주시오. 내 나라, 내 땅에 가서 처벌 받고 못 볼꼴은 안 보고 살고 싶소."

부끄럽다는 생각이 들었다.

그리고 사건 없는 대한민국은 없구나 하는 생각도 들었다.

"…제가 관할 검사에게 말을 잘 하겠습니다."

"고맙소. 그래 좋소. 나한테 뭐가 궁금하오?"

"이 봉고차를 타셨습니까?"

"탄 것 같다고 했소."

"행선지가 어디였습니까? 봉고차를 운전하는 사람들이나 그 일행을 기억하십니까?"

"행선지는……."

판도식이 행선지를 떠올리는 것 같다.

"가평 아닙니까?"

"맞소."

"가평 잣 공장에 취직시켜 준다고 하지 않았습니까?"

"어찌 아오?"

떠오른 모양이다. 그리고 내 추측이 점점 더 현실이 되고 있었다.

"그렇게 말했소. 잣을 까는 일이 사람 손이 많이 가는 일이고, 잣 공장 옆에 양계장도 있어서 일손이 많이 필요하다고."

또 하나의 단서를 얻었다. 잣 공장 옆에 양계장이 있다.

물론 그 양계장의 목적은 장기를 적출하고 남은 일명 껍데기를 처리하는 곳일 것 같다.

정말 생각만 해도 소름이 돋는 순간이었다.

"그런데 왜 여기서 내리신 겁니까?"

알면서도 물었다.

"갑자기 잘 가다가 그들이 내리라고 했소. 막 소리를 지르고 위협하고 그래서 내렸소. 그리고 사라졌소."

결국 미스 신의 전화를 받고 급하게 꼬리를 잘라낸 것이다.

"혹시 운전하는 사람들 얼굴 기억하십니까?"

몽타주를 그릴 참이다.

"기억 안 나오."

"특징 같은 것도 괜찮습니다."

"으음……."

잠시 고민을 하는지 신음 소리를 냈다.

"···기억이 안 나오."

4개월 전 일이다. 그러니 기억이 나지 않는 것이 당연할 수도 있었다.

"고맙습니다."

"그 인간들, 화선이 못 괴롭히게 좀 해주시오."

"왜 그렇게 관심을 두십니까?"

"내 딸과 닮아서."

국적과 인격은 다른 것이다.

그리고 국격과 국력은 또 다른 것이라는 것을 느꼈다.

"예."

결국 판도식을 만나고 얻은 결과는 결국 가평에 장기 적출 공장이 있다는 것이다. 그리고 그 공장 옆에는 양계장이 있다는 사실이다.

'찾기 쉽겠네.'

*   *   *

경찰서 앞.

"그래?"

조명득도 판도식에게 들은 이야기를 하니 놀랐다.

"그렇다네."

"이래서 사람이 무섭다. 사람이 악마다."

나도 요즘 자꾸 그런 생각이 든다.

"그런데 증거를 찾을 수 있을까?"

동네의 공공연한 비밀일 것이다.

모두가 시쳇말로 남자라면 구멍 동서가 되어 있을 것이고.

그러니 증거를 찾기가 쉽지 않을 것 같다.

"좀 알아봐."

"알았다. 아니면 거주지를 좀 옮기지 뭐."

"해결해 주기로 했다."

그때 강 형사가 중년의 남자와 담배를 피우고 있었다.

"합의를 보시라니까요. 판 씨가 밀항자라고는 하지만 그래도 사람은 좋은 것 같은데 만리타국까지 와서 감옥까지 가야겠습니까?"

조명득과 알고 지내는 강 형사다.

'오지랖이 넓네.'

저런 사람이 꼭 있다. 아니, 저런 사람이 많아야 좋은 세상이 온다.

"싫다니까. 내가 중국 짱깨 새끼한테, 엉! 여기 봐! 맞은 거 안 보여? 내가 일당을 안 줬어, 밥을 안 줬어? 이래서 검은 머리 짐승은 거두는 것이 아니라는 소리가 딱 맞는 거야."

"왜 그러세요? 동네 유지께서."

"그러니까, 나는 절대 합의 못해!"

자신이 뭘 잘못을 해서 맞은 줄도 모르는 놈이다.

마음 같아서는 달려가 대가리를 찍어버리고 싶지만 아직 판도 식의 말만 들었을 뿐이다.

그러니 참아야 할 때다.

"어쩔까?"

"내가 알아서 할게."

나는 천천히 강 형사와 남자가 있는 쪽으로 걸어갔다.

"강 형사님!"

"검사님!"

강 형사가 나를 검사라고 부르자 남자가 나를 힐끗 봤다.

"저분이랑 이야기 좀 하고 싶은데요?"

"예?"

"판도식 씨가 저한테 한 말이 있어서 확인 좀 해보려고요."

"아 예."

강 형사는 자리를 피해줬다.

"안녕하세요. 군산지검 박동철 검사입니다."

"그런데요?"

"동우리에 화선이라는 여자애가 있죠?"

내 말에 찰나지만 남자가 파르르 눈동자가 떨렸다. 저 눈빛이
확신이 가지게 만들었다.

"그건 왜요?"

"합의 보세요. 일 커지기 전에."

나는 차갑게 말했다.

"뭐라고요?"

"동우리에 화선이라는 애 있다고 했죠?"

나는 남자를 노려봤다.

"그, 그게……."

"합의 보세요. 대충 상황은 다 들었습니다."

"그게……."

"동우리에 화선이라는 애 있잖아!"

나는 버럭 소리를 질렀다.

그 순간 강 형사와 조명득이 나를 봤다.

"후… 합의보세요."

"알았습니다."

이건 자백이다.

다른 것에 대해서 묻지 않았는데 바로 합의를 보겠다고 하니까.

"앞으로 그러지 마세요. 그럴 일도 없겠지만."

"…예."

"합의 보세요."

그렇게 판도식과 판도식에게 폭행을 당한 남자는 합의를 봤고 밀항에 대한 조사를 받기 위해서 칠곡지검으로 이송이 됐다.

그리고 나는 받은 만큼 돌려준다는 마음에 칠곡지검의 담당 검사에게 전화를 걸었다.

물론 최대한 공손한 자세를 취했고, 난생 처음 청탁이라는 것을 해봤다.

—알았어. 별 의미 없는 사건이니까 외국인 출입국 사무소로 넘길게.

그래도 내가 유명세가 있어서 그런지 잘 처리가 될 것 같다.

"이제 우짤 긴데?"

모든 것은 결정이 났다. 하지만 증거는 못 찾을 것 같다.

"…법으로 안 되는 일이 많네."

지그시 입술이 깨물어졌다.

"그리고 좀 더 알아봐야겠다."

"알았다. 잠복 좀 하지 뭐."

이번 일은 모든 정황증거를 잡았지만 누구도 자백하지 않을 것 같고 증거도 찾지 못할 것 같다.

"가능하면 법으로 하고 싶은데……."

*　　　*　　　*

청명회에게 가평 잣 공장을 찾으라고 지시를 했다.

그 주변에는 양계장이라는 곳이 있다니 찾기는 어렵지 않을 것이다.

'가동을 멈췄다는 것은 상황이 잠잠할 때까지 기다리겠다는 거겠지.'

그리고 나는 바로 돌아와 검찰 자료실로 직행했다.

모든 자료가 전산 처리가 되어 찾기가 쉬웠다.

나는 바로 컴퓨터 앞에 앉아서 장기밀매자 현황을 검색했고, 그와 관련 범죄자들이 검색이 됐다.

그리고 가까운 광주 교도소에 있는 오춘석을 확인했다.

"…20년 장기수네."

장기 밀매업자들은 검거가 되면 형을 강하게 받는다.

특히 불법 장기 적출 관련 범죄자들은 더 그렇다. 그리고 오춘석은 장기 적출 관련 범죄로 복역 중이다.

"…만나 봐야겠네."

어떻게 이뤄지는지 정확하게 아는 것이 좋다.

'증거를 잡을 수만 있다면!'

법대로 처벌할 수가 있다. 하지만 사형이 결정되어도 사형은 없다.

그게 지랄 같다.

'이번에는 법대로 안 간다.'

공포와 절망 속에서 죽어갔을 사람들이 떠오른다.

아무것도 모르는 상태에서 강제로 마취가 되어서 죽었을 사람들을 생각하니 치가 떨린다.

　　　　　　　*　　　　　　*　　　　　　*

검사실

"검사님!"

많은 생각이 든다.

검사로서 법을 집행하면서 힘이 부족하다는 것을 느낀다.

법을 행하는 법조인으로서 그럴 수가 없으니 우울한 마음이 든다.

이런 잔인한 사건들을 계속 목도하니 정신적으로 충격이 크다.

"검사님!"

최 사무관이 나를 불렀고 그제야 눈을 떴다.

"예, 최 사무관!"

"강솔미 피의자 심문이 예정되어 있습니다."

"예."

의미 없는 사건으로 일단락될 것 같다.

가해자는 있는데 피해자가 없으니까. 그래도 강솔미 때문에 가평 잣 공장에 대한 존재를 알았다.

"알겠습니다."

"증거는 찾으셨나요?"

이미 두 번째 소환이다. 나는 강솔미를 조사실로 불러 자백을
요구했다. 증거는 있지만 신고자가 없다. 그럼 내가 생각하는 공
갈 및 갈취에 대한 법률로는 처벌할 수가 없다.

'마누라들한테 말할까?'

그럼 간통으로는 넣을 수 있을 것이다.

물론 간통으로 처벌을 하기에도 쉬운 일은 아니지만 말이다.

법!

그리고 집행!

제약이 너무 많다.

특히 간통이 그렇다. 상간남이 상간녀에게 삽입하는 그 순간
을 촬영하지 않으면 간통으로 처벌하기 쉽지 않았다.

법, 그리고 집행.

참으로 지랄 같다.

"재미있는 일이네요."

"피해자가 없죠?"

"인정!"

"그럼 저는 카메라 설치에 대한 죄로만 처벌이 되겠네요."

자신만만한 것 같다.

"그렇게 될 겁니다."

나는 졌다는 표정을 지어보였다.

"검사님!"

"예."

"저 머리가 나빠서 잘 잊어먹어요. 검사님이 저한테 했던 일들은 다 잊어요."

잘 잊기에 자신을 위해 일했던 남자들을 그렇게 잣 공장으로 보냈을 것이다.

15—85

선악의 저울이 절대적인 악으로 기울어져 있다.

물론 그래도 나보다는 선의 수치가 높다.

"그래서요?"

"앞으로는 좋은 관계가 유지가 되었으면 좋겠어요."

"좋은 관계?"

"예."

딸깍!

나는 참관실에서 녹음이 되는 장치 스위치를 껐다.

"강솔미 씨!"

"예."

"스위치 껐으니까 우리 솔직해집니다."

나는 강솔미가 한 편으로는 가엽다는 생각이 들었다.

그래도 이제는 현실이 될 수 없는 일이지만 내 미래에서는 몸을 섞었던 사이니까.

그리고 내 아이를 낳아줬던 여자니까.

"원래 저 솔직해요."

"나랑 어쩌자는 겁니까?"

사실 당신의 남자들을 어디로 보냈냐고 묻고 싶었다.

하지만 그것을 물어보면 바로 연락을 할지도 모른다.

그래서 애써 참았다.

"좋은 관계죠. 저번에 말씀을 드렸는데요. 저는 능력 있는 남자가 좋아요. 호호호!"

"인생이 우습습니까?"

"예?"

"앞으로는 죄 짓고 살지 마세요. 법은 당신을 어떻게 하지 못하지만, 저는 당신을 끝까지 추적해서 처벌할 겁니다."

내 말에 강솔미가 나를 뚫어지게 봤다.

"저도 궁금한 것이 있는데 저한테 왜 이러세요?"

의문스러울 것이다. 사회적 이슈가 되는 사건도 아니고 큰 파장을 준 사건도 아니다.

그런데 검사가 집요하게 추적을 한다는 자체가 이상했을 것이다.

"관심이 있어서."

"그 관심을 우리 솔직한 곳으로 돌리면 좋을 것 같은데."

"하늘은 당신을 보고 있습니다."

"검사님! 너무 감상적이시다. 하늘은 그냥 저 위에 있는 것뿐이거든요. 내가 무슨 짓을 해도 증거만 없으면 몰라요."

강솔미의 말에 나는 지그시 입술이 깨물어졌다.

맞는 말이다. 하늘은 강솔미가 어떤 짓을 해도 당장 천벌을 내리지 못한다.

그래서 법이 있지만 그 법도 제대로 집행이 안 된다.

"두고 봅시다."

*   *   *

지검장실.

강솔미를 검거한 지도 두 달이 지났다.

내일이면 강솔미의 최종 공판이 있다. 그리고 나는 그 최종 공판을 끝나면 휴가를 갈 참이다.

그리고 독자적으로 움직일 생각이다.

"너는 공무원 아니야?"

지검장님께서 나를 째려보셨다.

"맞습니다."

"맞지? 맞고 싶어서 맞다고 하는 거지? 대한민국 검사가 휴가를 일주일을 낸다는 것이 가능하다고 보냐?"

"힘들어서요."

"뭐가 힘든데?"

"…힘드네요."

힘든 건 사실이다.

하지만 힘든 것만으로 휴가를 낸 것은 아니다.

"그냥 쉬엄쉬엄 일하려면 변호사를 개업해!"

"지검장님!"

"왜 인마!"

"저, 검사로 일하는 게 좋습니다."

"너, 또 무슨 사고를 치려고?"

내가 내는 휴가가 그냥 휴가가 아니라는 생각이 드신 모양이다.

"충전 좀 하려고요."

"아무리 그래도 일주일은 너무 하잖아. 나도 못 낸 휴가라고."

"다녀오겠습니다."

"박동철이!"

"예, 지검장님!"

"하… 그래, 충전하고 와."

안된다고 하시던 분이 이제는 내가 혹시나 변호사를 개업할지도 모른다는 생각이 드셨는지 저러신다.

"예."

"어디로 갈 건데?"

"광주요."

"광주? 거기 쉴 곳이 있나?"

"찾아봐야죠."

"설마 전라도 광주는 아니지?"

"맞습니다."

"너, 뭔 생각을 하냐?"

"비밀입니다."

*　　　　*　　　　*

재판장.

피고석에 선 강솔미는 여전히 자신만만했다.

'망할 년!'

자신이 어떤 처벌을 받을지 안다는 것이다.

그리고 강솔미가 원하는 그대로 이뤄질 것이다.

그렇게 설득을 했는데 피해자들은 자신은 피해를 본 사실이 없다고 했다. 그리고 한두 명은 그런 일이 있었지만 그냥 화대를 줬다고 생각한다고 했다.

그러니 다른 법으로는 처벌할 수가 없다.

'탈탈 털어주지.'

나는 강솔미를 노려봤다.

"검사!"

판사가 나를 엉뚱하다는 눈으로 보며 불렀다.

"예, 재판장님!"

"잠깐만!"

"예."

내가 판사에게 다가가자 판사가 인상을 찡그렸다.

"다 좋은데, 검사가 피고한테 자신에 대한 모독죄하고 명예훼손은 좀 그렇지 않나?"

"안 되는 겁니까?"

"안 되는 것은 아니지만⋯⋯."

"검사가 해야 할 일입니다."

"오버하지 말고."

공개재판이라 작은 소리로 말했다.

"예."

"기대는 안 하지만 빼요."

"고려하겠습니다."

그렇게 말하고 나는 돌아섰다.

"검사, 구형하세요."

"예, 존경하는 재판장님! 피고 강솔미는 불법 촬영 장비를 이용해서 무작위로 모텔에 설치하여 동영상을 촬영한 혐의가 있습니다. 그렇기 때문에 지금 제출하는 통장들에 대한 국고 환수를 요청합니다."

구형을 하라는데 증거물을 제출하니 판사가 어이가 없다는 표정으로 나를 봤다.

"검사!"

이제 판사는 내게 애원을 하듯 말했다.

"방금 입수하고 확인된 사항입니다. 죄송합니다."

"이러면 오늘 최종 판결 못 내리잖아요."

판사님의 입장에서는 짜증스러울 것이다.

"죄송합니다."

"으음… 좋습니다."

순간 강솔미의 표정이 굳어졌다.

"계속하세요."

"다섯 개의 대포 통장에서 거액의 자금이 입금된 것을 확인했습니다. 이 금액은 불법적인 영상 촬영을 판매한 자금입니다. 그러니 당연히 범죄에 의해 얻은 소득이기에 국고에 환수되어야 되어야 합니다."

"증거가 없잖아요."

강솔미가 피고석에서 소리쳤다.

"조용하세요. 피고!"

판사가 주의를 주자 강솔미가 나를 째려보며 자리에 앉았다.

"피고!"

다시 검사가 강솔미를 불렀다.

"대포 통장에 입금된 금액에 대해 입증할 수 있나요?"

당연히 입증할 수가 없다.

그러니 5억이 넘는 돈은 국고에 환수가 될 것이다. 물론 악독한 강솔미이니 민사재판을 청구할 것이다.

하지만 그 민사재판이 판결이 날 때까지는 돈이 묶이게 된다.

'궁하면 또 죄를 짓겠지.'

그때 청명회를 이용해 잡아들이면 된다.

"그건……."

"증명할 수 없다면 범죄와 관련된 자금이라고 법정은 판단할 수밖에 없습니다."

"판사님!"

강솔미의 변호사가 판사를 불렀다.

"예, 변호사."

"검사는 사건과 관계가 없는 자금으로 범죄의 논점을 흐리고 있습니다."

"차명 계좌를 이용한 것은 금융거래법 위반입니다."

내 반격에 변호사가 짜증스럽다는 표정을 지어보였다.

"그렇게 되는군요."

솔직하게 불법 동영상 장비 설치의 형량보다 금융거래법 위반에 관한 법률 위반이 더 형량이 클 것 같다.

"그냥 나중에 민사로 가시죠."

강솔미의 변호사가 내가 예상한 대로 말했다.

"그러죠."

다른 방법이 없는 것이다.

*　　　　*　　　　*

"검사 최종 구형하세요."

"예, 판사님! 피고 강솔미는 15곳의 모텔에 무작위로 불법적인 촬영 장비를 설치하여 무작위 타인에 대한 일종의 치명적인 테러를 자행했습니다. 개인의 사생활에 심대한 악영향을 미쳤기에 유기징역 3년을 구형하는 바입니다."

3년이라는 말에 판사가 인상을 찡그렸다.

하지만 자신이 말한 명예훼손 부분은 꺼내지 않았다는 것에 만족하는 것 같다.

"또한 본 검사에 대해 특정한 대가를 지불하여 형량을 줄이려는 시도를 하여 대한민국의 모든 검사의 명예를 훼손시킨 것에 대해 추가적으로 유기징역 2년을 구형하는 바입니다."

내 추가적인 구형에 결국 판사가 인상을 찡그렸다.

"검사에 대해 특정한 대가라는 것이 뭐죠?"

추가적인 대가라는 것에 방청객들이 웅성거리기 시작했다.

"섹스 파트너라고 들어보셨습니까?"

내 솔직한 답변에 다시 법정이 웅성거렸다.

탕탕탕!

"조용하세요!"

다시 술렁이던 법정이 조용해졌다.

"피고 강솔미는 불법적인 동영상 촬영 장비를 설치하여 불특정 다수에 대한 범죄를 저지르려고 한 것은 인정이 되나 그 범죄가 미수에 그쳤기에 유기징역 1년에 집행유예 2년을 선고함. 그리고 검사에 대한 명예훼손에 대한 법률 위반은 혐의가 없어 무죄를 선고함."

땅땅땅!

이럴 줄 알았다.

비록 예상한 판결이지만 뒷맛이 쓰다.

그리고 강솔미는 자신의 뜻대로 됐다는 듯 나를 보며 미소를 보였다.

하지만 아예 진 것은 아니다.

그녀의 대포 통장을 모두 회수했고, 가압류를 했으니까. 그럼 이제 거지꼴이다.

그러니 다시 또 다른 범죄를 준비할 것이고 이제부터는 청명회가 강솔미를 철저하게 감시할 거다.

그러니 언제나 내 손바닥 위에 있는 것과 마찬가지다.

*　　　　*　　　　*

서울 고급 룸살롱.

최문탁과 박 사장이 최문탁의 요청에 의해 만나고 있었다.

"최 실장, 아니, 이제는 최 사장님이라고 불러야겠네."

따지고 보면 박 사장이 최문탁보다는 서열이 훨씬 높은 조직 선배였다.

"편하신 그대로 부르십시오."

"위치가 달라졌는데 어떻게 그렇게 불러요. 우 실장 꼴 나면 어쩌려고."

살짝 살기를 눈에 담은 최문탁이었다.

"오해가 있으신 것 같습니다."

"이해하기로 했습니다. 따지고 보면 빵에 가 있는 우 실장이 최 사장 뒤통수를 치려고 했던 적이 몇 번 있었으니까. 내가 그걸 아니까. 흐흐흐!"

묘하게 웃는 박 사장이었다.

"이해해 주셔서 감사합니다."

"그런데 왜 가평에서 조용히 지내는 나를 보자고 했습니까?"

"박 사장님!"

"말하세요."

박 사장이 앞에 놓인 양주를 마시고 최문탁을 봤다.

"양주도 약해. 평소에 마시던 화주가 최고인데! 아~ 말하세요."

"위험한 사업은 이제 접으시는 것이 어떻습니까?"

최문탁은 정중하게 말했다.

"그 위험한 사업 때문에 최 사장이 지금 나랑 이렇게 술을 마시고 있는 거 아닌가?"

"그렇기는 하죠."

"위험한 사업이기는 하지. 하지만 내가 할 줄 아는 사업이 그것뿐이라서. 그리고 내가 해야 할 사업이기도 하는 거고."

"제가 하실 일을 마련해 드리겠습니다."

"나보고 뒷방 늙은이를 하라고요?"

"그런 뜻은 아니었습니다."

박 사장의 눈에 살기가 담겼다가 다시 그 살기가 없어졌다.

"알죠. 나는 최 사장이 보스가 되는 것도 나쁘지 않다고 생각합니다. 하지만 내가 하는 일에 간섭을 안 했으면 좋겠어요."

"걱정스러운 부분이 있어서……."

"내가 최 사장처럼 똑똑한 사람은 아니지만 조심성은 있어요. 걱정 마세요. 그리고 우리 같은 사람을 천사라고 부르죠. 아시겠어요? 저번에도 말했는데 한 명이 죽으면 8명이 새로운 삶을 얻죠. 최 사장도 잘 아시잖아요."

박 사장이 이렇게까지 말하니 최문탁은 더는 말릴 수가 없었다.

*   *   *

광주 교도소 면회실.

나는 휴가를 얻어 왔지만 검사의 신분을 이용해 특별 접견실에서 오춘석을 만나고 있다.

"검사님께서는 기겁하시겠지만 우리는 우리를 천사라고 부릅니다."

나도 모르게 오춘석의 입에서 천사라는 단어가 나오자 인상을 찡그렸다.

"한 명이 죽으면 여덟 명이 살죠. 그 한 명도 원하는 대가를 받았고, 나쁠 것이 없지 않습니까?"

죄를 추궁하기 위해서 온 것이 아니다.

중년을 넘어 노년으로 향하는 오춘석은 아마도 칠순을 훌쩍 넘어야 출소를 할 것이다.

"그 대가를 지불하지 않은 경우가 있습니다."

"그건 거래가 아니죠. 나는 그런 적은 없습니다."

오춘석은 나를 보며 미소를 보였다.

"장기를 적출하는 곳을 공장이라고 하더군요."

"그렇죠. 장기도 어떤 부분에서는 인체의 부품의 하나니까."

"공장 옆에 양계장이 있다면 그건……"

"나머지, 속이 빈 껍데기를 처리를 하는 거죠. 그건 정말 말 그대로 납치를 해서 장기를 적출하는 놈들이 하는 것이지요."

"그런 일을 하는 쪽 사람들을 아십니까?"

"…교도소에는 벽에도 귀가 있습니다."

여기서는 말을 못하겠다는 것이다.

그러니 더는 물을 수가 없다.

"…공장이 있는 가평에 갈 참입니다."

내 말에 오춘석이 미소를 보였다.

"험합니다. 단단히 채비를 하셔야 할 겁니다."

"예, 도움 주셔서 고맙습니다."

"영치금을 꽤 넣으셨던데… 고맙습니다."

따르릉~ 따르릉~

그때 내 핸드폰이 울렸다.

─강솔미가 납치를 당했어.

돌발 상황이다.

"그래?"

─노상에서 사라졌는데 CCTV로 납치한 차를 찾을 수가 없어.

강솔미가 사라졌는데 조명득의 목소리는 담담했다. 아니, 신이 났을 것이다.

그리고 나도 기회라는 생각이 들었다.

"그건?"

─히히히! 당연히 부착되어 있지.

걸렸다. 만약 내 예상대로라면 가평으로 향할 것이다.

"어느 쪽 방향이야?"

─어딜까?

"가평?"

─빙고라지요.

꼬리를 자르고 숨은 놈들의 입장에서는 꼬리의 일부지만 독자적으로 행동하는 강솔미가 많이 거슬렸을 것이다.

그리고 강솔미는 어떻게 되었던 집행유예로 풀려났다. 그러니 가평 쪽에서는 신경이 쓰일지도 모른다는 생각을 했었다.

그게 아니라면 언젠가는 똑같은 짓을 저지를 것이고, 그래서 강솔미의 보관품 중에서 가방에 위치추적 장치를 달았다.

그런데 출수를 하고 바로 이번 일이 발생했다.

"가자, 가평으로!"

　　　　　　　*　　　　　*　　　　　*

　룸살롱.

　"하여튼 오해가 없으시면 좋겠습니다."

　"오해하지 않아요. 보스가 되면 인사 한번 따로 가겠습니다.
하하하!"

　최문탁은 박 사장이 우 실장과 결탁하지는 않을 거라는 생각
을 했다.

　"아는 사람이 많으면 꼬리가 긴 꼴이죠."

　"그래서요?"

　"강솔미를 보내드렸습니다."

　"조만간 처리할 참이었는데, 고맙네요. 그럼 그만 일어납시다.
나를 너무 의식하지 말아요. 나는 보스 자리에는 관심이 없어
요. 있었다면 우 실장이 손을 뻗었을 때 잡았지."

　"예, 알고 있습니다."

　짧게 대답한 최문탁을 박 사장이 보고 미소를 보였다.

　이 순간 그들은 모를 것이다. 최문탁의 조심성이 박 사장에게
는 독이 되고 있다는 것을.

제6장

유 령

잣 공장이 보이는 으슥한 잣나무 숲.

투투툭! 투투툭!

겨울이라서 그런지 함박눈이 쏟아지고 있었다.

그리고 그 주변에서 청명회 요원 하나가 잣 공장이 잘 보이는 잣나무 숲 으슥한 곳에 몸을 숨기고 잠복하듯 잣 공장 주변을 살피고 있었다.

기성이 증언한 것처럼 잣 공장 옆에는 꽤 큰 양계장이 있었는데, 요원이 있는 곳까지 닭똥 냄새가 진동했다.

하얗게 내리는 눈이 세상의 모든 추악한 것을 덮어버리는 듯 미칠 듯이 내리고 있었으나, 눈에 보이지 않는다고 추악함이 사라지는 것은 아니다.

"으으으, 춥네."

잔뜩 옷을 껴입었지만 가평의 추위는 어쩔 수가 없었다. 그의 손에는 핫패드가 들려 있었고, 핫패드의 열기도 가평의 찬 공기 때문에 빠르게 식고 있었다.

"…갑자기 바퀴벌레들이 많아졌네."

청명회 요원이 조명득의 지시를 받고 이곳에서 잠복을 시작한 지도 벌써 보름이 지났고, 청명회 요원은 마치 군인처럼 잣 공장이 보이는 숲에서 비트를 파고 잠복을 하고 있었다.

잣 공장 건물 주변에는 대략 20여 명 정도의 사내가 진을 치고 뭔가를 지키듯 철통같이 경계를 서고 있었다.

이게 며칠 전과 달라진 모습이었다.

그 이전에는 거의 폐쇄가 된 것처럼 행했는데, 어제부터 다시 활기를 띠기 시작했다.

"뭐가 있나 보네."

그렇게 사람들이 다시 나타나기 시작할 때 잠복하던 요원은 조명득에게 전화를 했다.

"으으으, 추워!"

옆에서 잠을 자던 요원 하나가 천천히 일어났다.

"…그새 바퀴벌레들이 더 모였네."

"우리가 여기 왜 있는지 몰라……."

"우리는 그저 시키면 시키는 일만 하면 됩니다."

"그렇지. 그래도 이런 일이라도 하니까 10년 만에 월급을 다 주네."

"그러니까요. 우린 그냥 지켜보고, 보고만 하면 됩니다."

"허, 많이 모였네."

잣 공장에서 이 비트까지는 거의 500미터가 떨어져 있다.

그래서 육안으로는 사람이 움직이는 것을 잣 공장에서 볼 수가 없었기에 이 요원들 역시 고성능 망원경으로 잣 공장을 감시하고 있었다.

"군인들이 우릴 보면 간첩이라고 신고하겠다."

"그러게요. 그래서 딱 이런 게 있죠."

옆에 박아놓은 팻말은 한국 여우 생태 추적 연구팀이라고 적혀 있었다.

그리고 이것저것 그에 관련된 것들이 빈틈없이 준비되어 있었다.

"이거, 정말 웃긴다. 그치?"

"그러게요. 나는 여우를 본 적도 없는데. 히히히!"

"그런데 저 안에서 정말 뭘 할까?"

잣 공장의 실체도 모르고 감시를 하고 있는 청명회 요원들이었다. 그렇게 단편적인 임무만 수행하기 있기에 비밀은 유지될 수 있을 것이다.

심지어 이들은 자신이 청명회에 속한 요원이라는 것도 모르고 있었다.

그저 이곳에서 잠복을 하고 특이한 점이 있으면 보고를 하라고 했다.

그리고 그 특이한 점이 평소와는 다른 점이라고 들었고, 행하던 곳에서 사람들이 모이는 것이 다른 점이기에 보고를 했다.

그때, 저 멀리서 절벽 아래를 내려 보는 것보다 더 진한 어둠이 깔린 곳에서 자동차 불빛이 보였다.

"…자동차 불빛이네."

"어디?"

"저기요."

"그래? 전화해."

사실 이렇게 으슥한 곳에 잣을 가공하는 공장이 있다는 것도 신기한 일이었다.

—철수해!

조명득의 차가운 목소리가 들렸고 남자 둘은 철수하라는 명령에 싱글벙글하며 바로 철수를 했다.

박동철은 사적 제제를 감행하기 위해 달려가고 있으니 보는 눈은 없어야 했다.

그리고 바로 잠복을 하던 두 남자는 빠르게 철수했다.

"아~ 지긋지긋했다. 이젠 집에서 마누라 궁둥이나 두드려야겠어."

"하하! 가시죠."

*　　　　*　　　　*

저 멀리서 보이던 불빛이 잣 공장 건물 앞에 섰고 자동차 안에서는 조폭처럼 보이는 남자와 비계 덩이, 그리고 잔뜩 겁을 집어먹은 여자 하나가 조폭처럼 보이는 남자와 비계 덩이의 눈치를 보며 차에서 내렸다.

놀랍게도 잔뜩 겁을 먹은 여자의 정체는 강솔미였다.

"여긴 어디야? 왜 나를 여기 데리고 온 거야?"

강솔미가 앙칼지게 소리를 질렀지만, 그녀의 눈동자에는 두려움이 가득했다.

순간적으로 자신에게 앞으로 무슨 일이 일어날지 알기에 이렇게 소리를 지르는 거였다.

"조용히 해라! 맞기 전에."

남자가 강솔미에게 버럭 소리를 지르고는 경계를 서고 있는 남자를 봤다.

"준비는 다 끝났지?"

조폭처럼 보이는 남자는 철통같이 경계를 서고 있는 사내들을 잠시 보다가 옆에 있는 비계 덩이에게 물었다.

"예, 장비하고 메스하고 다 준비했습니다."

"오늘은 3건을 다 처리해야 하니 바쁘다. 하이고, 이제야 일을 다시 시작하네."

조폭처럼 보이는 남자가 강솔미를 보며 비릿하게 웃었다.

"뭐, 뭐야? 지금 날 재료로 쓰려는 거야? 미쳤어? 나, 강솔미라고, 강솔미!"

강솔미는 발악을 하듯 소리쳤다.

쫙!

그러자 조폭처럼 보이는 남자가 강솔미의 뺨을 한 대 후려쳤다.

놀랍게도 봉고차에 불을 지른 그 남자였다.

이름은 목수철로, 인천 화교 출신 깡패였다.

그리고 박 사장의 오른팔이기도 했다.

"조용히 좀 해라. 니가 강솔미인데 어쩌라고? 다 재료가 돌고

도는 거지."

목수철의 말에 강솔미는 기겁했다. 그리고 도망치려고 발버둥을 쳤지만 우악스러운 남자 둘에게 잡혀 있기에 그저 발버둥에 불과했다.

"나, 이대로 못 죽어! 왜 이래? 박 사장 오라고 해! 나, 강솔미라고!"

"아~ 정말 시끄럽네."

강솔미는 박 사장에게 보내는 최문탁의 선물이었다.

그리고 비밀유지를 위한 조치기도 했다.

비밀을 아는 사람이 적을수록 보안은 더 확실하게 유지되니까.

퍼억!

계속해서 발버둥을 치는 강솔미의 명치를 목수철이 주먹으로 쳤다.

"컥!"

그와 동시에 강솔미는 정신을 잃었다.

"한 대 쳤다고 재료가 상하지는 않겠지."

목수철은 비릿하게 웃었다.

그리고 목수철의 옆에 있는 남자가 기절해 축 늘어진 강솔미를 보며 입맛을 다셨다.

"와? 아쉽나, 세계야!"

목수철이 강솔미를 보는 남자의 마음을 아는 듯 물었다.

그리고 그 남자는 봉고차를 운전하던 남자였다.

남자의 이름은 천세계로 그 역시 인천 차이나타운 화교 출신이었다. 말 그대로 박 사장의 부하들은 모두 화교 출신 짱깨 거지 새끼로 불리는 존재들이었다.

"아닙니다. 형님!"

"아쉬움을 풀 시간은 좀 있다가 있을 거니까 침 닦아."

목수철의 말에 천세계는 비릿하게 웃었다.

"그렇습니까? 크헤헤!"

순간 천세계의 눈동자에는 더러운 욕망이 가득했다.

그때 또 한 대의 자동차가 빠르게 잣 공장으로 다가왔다.

양계장의 닭을 옮기는 트럭이었다.

그런데 그 트럭을 보고 목수철과 천세계가 바짝 긴장한 표정을 지어보였다.

"사장님이시다!"

"예, 형님!"

끼이익!

트럭은 그들의 앞에 섰다.

그리고 트럭에서 작업복을 입은 박 사장이 내렸다.

"오셨습니까? 사장님!"

목수철의 인사에 박 사장은 천세계와 다른 남자의 손에 축 늘어져 있는 강솔미를 보며 묘한 표정을 지어보였다.

"자주 보던 얼굴이네."

"강솔미입니다."

"인생이 돌고 도는 거지."

"그렇습니다. 사장님!"

"그건 그렇고 주변에 알짱거리는 거, 없지?"

"예, 없습니다. 제가 책임지고 누구도 이곳에 얼씬거리지 못하게 하겠습니다."

"이렇게 이년으로 일을 다시 시작하네."

"그렇습니다. 사장님!"

"눈 온다. 들어가자. 인천에는 눈이 잘 안 오는데 여기는 눈이 많이 오네. 나는 눈 오는 날이 좋더라."

박 사장은 강솔미를 보고 피식 웃고 잣 공장 안으로 들어갔다.

*　　　　*　　　　*

자동차 안.

조명득과 나는 잣 공장으로 접근하면서 자동차 라이트를 껐다.

"…진짜 우리끼리 하자고?"

조명득은 살짝 겁을 먹은 것 같다.

"법으로는 안 될 것 같다. 아니, 법으로 저런 것들은 웅징할 수가 없다."

사형이 확정이 되어도 집행이 없다.

수많은 사람들을 납치해 불법 장기 적출을 한 놈들이지만, 끝내 영양가 많은 콩밥으로 교도소에서 천수를 누리고 산다.

수백, 아니, 수천이 넘을 수도 있는 사람의 목숨을 거두고 교도소에서 잘 먹고 잘사는 것은 올바른 처벌이 아니다.

그래서 내가 직접 할 생각이다.

그래야 죽은 자들의 한이 구천에서 더는 떠돌지 않을 테니까.

"한둘이 있는 것이 아니다."

이미 조명득은 잣 공장에서 매복하고 있는 요원들로부터 전화를 받았다.

"…깡으로 간다."

나는 어금니를 꽉 깨물었다.

"…그러다가 죽을 수 있다."

"어차피 한 번 사는 인생이다."

"미친 새끼! 니는 오지랖이 왜 이렇게 태평양이냐?"

조명득의 말에 나는 피식 웃었다.

"준비해 달라고 한 것은?"

"조폭이가? 이런 것을 다 준비해 달라고 하고."

조명득이 인상을 찡그렸다.

일 대 다수의 싸움을 해야 한다면 내 손에 익은 도구를 써야 한다.

그리고 나는 지금 휴가 중이기에 권총도 반납하고 왔다.

"열어봐라."

조수석 서랍을 열었고 두 자루의 사시미가 보였다.

그리고 두 개의 가면이 보였다.

"이 가면은 뭐냐?"

"내가 어제 오페라의 유령을 봤거든. 사은품이라서 가지고 왔다."

"미선이랑 봤냐?"

"응. 스캔들 뜰지 모른다고 한참 떨어져서 봤다. 연예인이랑 연애하기 힘드네. 히히히!"

그러고 보니 어제 조명득이 서울에 간다고 했다.

"딱 좋네."

"그라제. 이런 거 써 줘야 쪽도 안 팔리고, 폼도 나고. 써 봐라. 제법 근사하다."

조명득의 말에 나는 오페라의 유령에서 주인공이 쓰는 가면을 쓰고 사이드 미러를 봤다.

9—91

선악의 저울에 표시된 악의 수치가 91이다.

문득 저 잣 공장을 나올 때의 내 악의 수치는 100이 되어 있을지도 모른다는 생각이 들었다.

하지만 그런 생각도 잠시, 난 조명득이 건네준 사시미를 꺼냈다.

'…조폭 복귀네.'

지그시 입술이 깨물며 칼집에서 칼을 뽑았다.

"청… 명!"

나도 모르게 칼날에 새겨진 글자를 읽었다.

"멋지제? 한자로 파려고 했는데, 그래도 한글 사랑이라서 히히히!"

"…그래, 도구는 죄가 없다."

나 스스로도 이 순간만큼은 악을 응징하는 도구가 될 것이다.

"그런데 니가 죽으면……."

조명득이 말을 하다가 나를 봤다.

불안한지 두려움이 가득한 표정이었다.

"…안 죽어. 아니, 못 죽어. 할 일이 많거든."

"…알았다. 니는 내가 있으면 못 죽는다."

"그래."

지그시 입술이 깨물어졌다.

"여기서 차 세워라."

아직 잣 공장이 꽤 남았는데, 나는 조명득에게 차를 세우라고
했다.

"와?"

"눈이 좋네."

"이 상황에서 똥폼을 잡겠다고?"

"다시 못 잡을 수도 있잖아."

"하여튼 개또라이다."

끼이익!

조명득은 말을 그렇게 했지만 차를 세웠고, 나는 조명득을 봤
다.

"명득아!"

"와?"

조명득도 사시미를 챙겼다.

"좀 자라!"

지지이익!

나는 주머니에서 기절 스프레이를 뿌렸다.

"이… 이 개자아아으으으윽!"

쿵!

조명득은 바로 기절 스프레이의 효과 때문에 빠르게 정신을 잃었고, 나는 차를 돌려놓고 운전석을 뒤로 넘겨 조명득이 푹 잘 수 있게 해줬다.

"금방 올게."

혼자가 더 편할 때가 있다.

그리고 지금은 혼자여야 한다.

*　　　　*　　　　*

저벅! 저벅!

싹 쓸어 버리겠다는 생각 때문인지 발걸음이 무거웠다.

그리고 그 발걸음마다 눈으로 덮인 도로에 내 발자국이 남았다.

"여기 들어오면 안 됩… 뭐야?"

잣 공장 작업복을 입은 남자 하나가 나를 발견하고 내 앞을 막았다.

그리고 내가 쓴 가면을 보고 황당한 눈빛을 보였다.

"들어가고 싶은데?"

"당신 뭐야?"

꼬끼오~ 꼬끼오~

그때 양계장에서 닭이 울었다.

"지금 이 순간 날 막는 놈들은 다 부셔버린다."

난 순간 살기를 뿜어냈다.

"뭐?"

"왜 그래?"

"이상한 가면을 쓴 또라이 새끼가 와서 설칩니다."

"뭐?"

퍼어억!

나는 나를 두고 잡담을 떠는 놈들에게 바로 선방을 날렸다.

나를 막았던 놈이 비명을 지르며 쓰러짐과 동시에 사시미를 뽑았다.

"뭐, 뭐야? 저 새끼!"

저들의 입장에서는 내 출현은 당황스러울 것이다.

"이… 이 미친 새끼가!"

내게 일격을 당한 남자가 급하게 일어서려고 했지만 나는 바로 놈의 면상을 구둣발로 밟았다.

퍼억!

"컥!"

그리고 외마디 비명과 함께 놈이 기절했고 잣 공장 주변을 삼엄하게 경계를 서던 놈들이 나를 향해 쏟아져 나왔다.

"이런 개또라이가 왜 남의 사업장에 와서 행패야?"

"그 사업장, 깨려고 내가 왔다."

오페라의 유령?

아니다.

은빛의 가면을 쓰고 악을 집행하는 악의 집행자다.

"이런 미친 새끼가 뒤지려고!"

조폭 하나가 내게 성큼 다가와 내 멱살을 잡으려 했다.

난 살짝 몸을 뒤로 빼서 조폭을 향해 다짜고짜 주먹을 날렸다.

순간적으로 조폭 기질이 발동한 거였다.

퍽!

내 주먹이 쏟아지는 함박눈을 뚫고 내 앞을 막아서며 멱살을 잡으려던 조폭의 얼굴을 강타했다.

"으악!"

내 주먹에 얼굴을 강타당한 조폭은 머리를 부여잡으며 앞으로 몸을 숙였고, 난 바로 한 치의 주저 없이 놈의 복부에 주먹을 꽂았다.

퍽

"헉!"

복부를 맞아 호흡이 곤란해졌는지 놈은 바람 빠지는 소리를 내며 쓰러졌다.

그리고 그 조폭은 더는 일어나지 못했다.

주먹 두 방에 기절한 것이다.

그 모습에 다른 조폭들이 순간 멍해졌다가 나를 향해 살기를 뿜어냈다.

"저 새끼, 도대체 뭐하는 놈이야?"

멍해진 것도 잠시, 겨우 양아치 티를 벗은 것 같은 조폭들이 일제히 내 주변을 포위했다.

"…다 부셔버린다."

원래 난 독한 성격이다.

그리고 뭔가 시작을 하면 끝을 보는 성격이고.

"하, 어이가 없네."

날 포위한 조폭들 중 하나가 정말 어이가 없다는 눈빛으로 날 보며 앞으로 나와 바닥에 쓰러져 있는 놈을 발로 툭툭 찼다.

"쪽팔리게 개또라이한테 맞고 기절하냐?"

"으윽!"

발로 툭툭 차니 기절해 있던 놈이 겨우 정신을 차리고 일어나려고 했다.

하지만 그것도 잠시 다리에 힘이 풀렸는지 일어나려고 했던 놈이 다시 주저앉았다.

"병신 같은 새끼! 어서 못 일어나! 너 다시 차이나타운으로 기어가서 거지꼴로 살래!"

조폭이 버럭 소리를 질렀다.

"죄, 죄송합니다."

난 앞으로 나온 조폭이 주저앉아 있는 조폭과 이야기를 하는 동안 이들을 유심히 살폈다.

놈들은 나를 포위하고 있기에 저렇게 여유로운 것이다.

그리고 이곳은 이런 눈이 오는 날에는 누고도 올 것 같지 않은 인적이 드문 외지고.

그러니 나를 쉽게 제거할 수 있다고 생각하는 것 같다.

"제가 처리하겠습니다, 형님!"

조폭 하나가 찬찬히 날 보고 있는 중년의 조폭에게 말하며 앞으로 나섰다.

"그래라! 자기 발로 여기까지 기어 들어왔네. 또라이 새끼! 재료로 쓰면 딱 좋겠네."

이곳에서 저 장기 적출 공장을 지키는 놈들도 이곳에서 무슨 일이 일어나고 있는지 안다는 것이다.

그럼 용서할 필요가 없다.

"예, 형님!"

조폭이 짧게 대답을 하고 내 앞으로 나왔다.

"이 미친 새끼가! 뒤질라고. 지금 용 쓰는 거지? 너!"

"그냥 말로 할 일 아니잖아."

"이거, 완전 또라이네. 뭐해? 조져!"

나는 내게 조지라고 말하는 놈의 말이 끝나기도 전에 조폭에 게 주먹을 날렸다.

퍽!

모든 싸움에는 선방이 중요한 법이다.

갑작스러운 내 공격에 날 미친놈으로 보는 조폭은 피하지고 못하고 얼굴을 강타당했다.

"으악!"

순간 날 포위한 조폭들의 눈빛이 사나워졌다.

"뭐 하는 거야? 저 병신 같은 새끼 안 치우고! 고작 한 새끼잖 아!"

조폭 두목쯤으로 보이는 중년의 남자가 부하들에게 버럭 소 리를 질렀다.

"예, 형님!"

조폭 두목의 말에 조폭 둘이 내게 다가왔다.

바드득!

난 어금니를 꽉 깨물었다. 그리고 다가오는 조폭들을 노려보며 허리에 차고 있던 사시미를 꺼냈다.

어쩌면 이 순간 나는 저들이 말하는 것처럼 미친놈일지도 모른다. 아니, 나는 이 순간만큼은 사람이기를 포기하기로 결심했다.

유령!

존재하면서도 존재하지 않는 그런 존재가 되어야 한다.

나는 저들에게 그런 유령이 될 것이다.

*   *   *

"미친 새끼! 뒈질라고."

조폭이 내가 소리를 지르며 거센 눈발 사이로 주먹을 날렸다.

그리고 나 역시 주먹을 날린 조폭을 향해 주먹을 날렸다. 내 주먹이 향한 곳은 조폭이 날린 주먹이었다.

퍼어억!

바지직!

주먹과 주먹이 부딪히는 순간, 조폭의 손의 뼈가 부러지는 소리가 내 귀를 자극했다.

"끄아악!"

그와 동시에 난 바로 자신의 팔을 부여잡고 있는 조폭을 향해 다시 주먹을 날렸다.

퍼어억!

"아아악!"

명치를 맞은 조폭은 앞으로 쓰러졌고 나는 들고 있는 사시미로 놈의 복부를 찔렀다.

수욱!

쪽수로 밀리니 한 번 쓰러진 놈은 다시 일어나지 못하게 해야 한다.

"으악!"

내게 칼질을 당한 놈은 복부를 부여잡고 다시 쓰러졌다.

놈의 복부에서는 붉은 피가 뿜어져 하얀 눈 위로 떨어져 그 하얀 눈을 붉게 적셨다.

"이, 이 미친 새끼가!"

놈들은 내 칼질에 당황한 것 같다.

"저 새끼, 맹탕이 아니다. 조심해!"

놈들을 지휘하던 놈이 버럭 소리를 질렀고 내게 달려들었던 다른 놈이 나를 향해 주먹을 날렸다.

퍼억!

"아악!"

난 조폭이 날린 주먹을 가볍게 피하며 주먹을 뻗었다.

내가 뻗은 왼 주먹은 바로 조폭의 복부를 그대로 강타했기에 조폭은 비명과 함께 복부를 부여잡고 바닥에 쓰러졌다.

그리고 그 조폭도 그대로 기절했다.

기절한 놈이니 칼질을 필요 없을 것이다.

"바짝 긴장해! 저 새끼, 맹탕 아니다. 야, 또라이! 너 누가 보냈어?"

조폭 두목이 버럭 소리를 질렀다.

"…이곳에서 죽은 사람들이 나를 보냈다."

"뭐?"

내 대답에 조폭 두목은 어이가 없다는 표정으로 나를 봤다.

"너, 정말 뭐야? 이 미친 새끼야! 너 뭐냐고? 이 개새끼야!"

조폭 두목도 흥분한 것 같다.

"…유령."

나는 서늘하게 살기를 담아 말했다.

"뭐… 유, 유령?"

놈의 눈동자가 파르르 떨렸다. 하지만 그것도 잠시 놈이 나를
노려봤다.

"씨발, 유령이고 나발이고 죽여!"

조폭 두목의 눈에도 살기가 감돌았다.

"어서 저 개또라이 죽여! 이 병신 새끼들아!"

"예, 형님!"

"예, 알겠습니다."

짧게 대답을 한 조폭 셋이 나를 향해 달려들었다.

"개새끼!"

꽤나 덩치가 큰 놈이 나를 향해 달려들었고, 놈은 거의 곰 발
바닥만 한 손으로 내 머리통을 후려갈기겠다는 생각으로 주먹
을 날렸다.

쉬웅!

워낙 주먹이 커서인지 내 귀에 바람이 갈라지는 소리가 들렸
고 난 바로 뒤로 살짝 물러나서 발을 뻗었다.

퍽!

순간 내 발차기가 곰 같이 생긴 놈의 턱을 강타했다.

바지직!

순간 턱뼈가 아작 나는 소리가 내 귀를 자극했다.

곰같이 생긴 놈은 덩치 값도 못하는 듯 비명 한 번 지르지 못하고 앞으로 고꾸라졌다.

쿵!

"으윽!"

그리고 바닥에 쓰러지고 나서야 겨우 신음을 토해냈다.

퍼억!

난 바로 신음을 토해내는 놈의 면상을 향해 축구공을 차듯 머리를 걷어찼다.

쩌어억!

순간 두개골이 반쯤 깨어지는 소리가 들렸고 놈은 바로 쫙 뻗어버렸다.

"너희들은 오늘부터 평생 불구로 살 것이다."

나는 조폭들을 보며 차갑게 웃으며 살기를 뿜어냈다.

그 살기의 기운은 쓰러져 있는 놈에게 향했고, 사시미로 놈의 다리와 팔의 인대를 빠르게 끊어냈다.

"커허억!"

거친 비명이 다시 한 번 울렸다.

"저 개새끼, 제발 죽어어어!"

조폭 하나가 소리를 질렀고 쇠파이프를 든 조폭이 나를 향해 그것을 휘두르며 달려들었다.

쉬익!

쏟아지는 함박눈을 가르며 쇠파이프가 나의 눈앞에 번쩍였다.

나는 조폭이 휘두른 쇠파이프를 고개를 숙여 가볍게 피하며 그대로 몸을 돌려 놈의 옆구리에 사시미를 찔렀다.

"컥!"

툭!

놈이 비명을 지르고 바로 쇠파이프를 떨어뜨리며 앞으로 쓰러지는 순간, 나는 빠르게 쓰러지는 놈의 몸에 사시미를 짧고 간결하게 몇 번 찔러 넣고, 마지막으로 놈의 다리 인대를 사시미로 뺐다.

"아아악!"

거친 비명이 울려 퍼졌고 순간 놈들은 내 잔인한 행동에 두려움을 느꼈는지 부르르 떨었다.

"으으윽!"

내 사시미에 수차례 찔린 놈은 붉은 피가 뿜어졌고 그 피는 다시 하얀 눈밭을 붉게 물들였다.

*　　　　*　　　　*

잣 공장 처리장 건물 안.

잣 공장 처리장 건물 안에서는 박동철이 급습을 한 줄도 모르고 음탕한 분위기가 감돌고 있었다.

천세계는 파르르 떨고 있는 강솔미를 야릇하게 보고 있었고, 박 사장도 의자에 비스듬히 앉아 야릇한 눈빛으로 둘을 보고 있었다.

또 영문을 몰라 멍해 있는 남자 하나가 의사 가운을 입고 박 사장을 보고 있었다.

"우박!"

"예, 사장님!"

"오랜 만에 다시 메스 잡는 거지?"

"그렇죠. 거의 반년 만이네요. 병원에 재료가 없어서 난리입니다. 사장님은 그 사람들을 위해서 좋은 일 하시는 겁니다."

"그렇지. 이런 일 돈만 보고 못하지. 하나가 죽으면 여덟이 살잖아."

"예, 천사십니다. 하하하! 그런데 저 여자는 좀 아깝네……."

"줄까?"

"여기서요?"

"왜, 싫어?"

박 사장이 비릿하게 웃었다.

"보는 눈이 많으면 안 섭니다."

"박 사장님, 왜, 왜 이래요? 저 강솔미라고요. 저, 아시잖아요."

강솔미가 잔뜩 겁을 먹은 눈으로 소리를 쳤다.

"솔미 씨!"

"박, 박 사장님! 살려주세요. 저한테 왜 이러세요? 저, 좋은 파트너였잖아요."

"그랬지. 아낌없이 주는 솔미 씨였지."

"저 이렇게 죽으면 안 돼요. 저 박 사장님한테 잘할게요. 제 실력 아, 아시잖아요. 제발 살려주세요."

강솔미의 목소리에는 두려움이 가득했다.

"실력은 알지. 그런데 나는 그런 생각을 안 했는데, 보스가 될 사람은 솔미 씨에 대한 생각이 다른 모양이네."

"저는 아무 소리도 안 했어요. 그리고 앞으로도 안 할게요. 그러니까 제발……."

"알지~ 그러니까 계속 아무 소리 못 하게 해주려고."

"왜… 왜 이러세요? 저… 저한테……."

"다 그렇고 그런 거잖아. 이해해!"

"살, 살려주세요. 살려만 주시면 무슨 짓이든 할게요. 흑흑흑!"

여자에게 눈물은 무기가 될 수 있지만, 악마에게 가증스러운 악녀의 눈물은 아무런 감흥이 없는 것 같다.

"서로 모르고 가는 것이 좋은데… 마취약을 그렇게 썼는데 벌써 정신을 차리네."

"이… 이러지 말자고요. 제가 재료들은 얼마든지 구해 드릴게요."

"아냐, 이젠 됐어."

"이 미친 새끼야! 나는 나를 안 팔았다고!"

"강솔미!"

순간 박 사장의 눈동자가 차갑게 변했다.

"네가 보낸 남자들은 그럼 자신을 팔아서 재료가 된 건가? 세상이 다 그런 거잖아. 특히 이 바닥이!"

"나는 못 죽어! 죽을 수 없어!"

강솔미가 발악을 하듯 소리쳤다.

"준비 다 끝났습니다."

그때 의사가운을 입은 남자가 박 사장에게 말했다.

"저 여자부터 할까요?"

"그래. 이왕 재료 골라내려면 벗겨야지?"

"그렇죠."

의사의 말에 박 사장이 천세계를 봤다.

"쟤는 건강해서 이런 상황에서도 될 것 같네."

박 사장이 묘한 미소를 보였다.

"세계야!"

"예, 사장님!"

"먹고 싶냐?"

박 사장의 말에 천세계가 벌벌 떨고 있는 강솔미를 보며 묘한 미소를 보였다.

"감사합니다. 사장님!"

그렇게 천세계가 강솔미를 봤고 의사는 박 사장을 보며 묘한 미소를 보였다.

"사장님! 요즘 묘한 취미가 생기셨습니다."

"요즘 나이를 먹어서 그런지 잘 안 서거든."

"저도 그렇습니다. 하하하!"

강솔미는 죽음 앞에 섰는데 저들은 무척이나 여유가 있었다.

저들은 인간의 탈을 쓴 악마가 분명했다. 하지만 저들은 스스로 천사라고 불렀다.

하나가 죽으면 여덟이 사니까.

"놔! 놓으란 말이야! 나, 죽기 싫어. 난 죽고 싶지 않아!"

강솔미는 미친 듯 발악했다.

픽!

그러자 묵직한 천세계의 주먹이 강솔미의 복부를 강타했다.

강솔미는 그 충격을 버티지 못하고 비명 한 번 지르지 못하고 기절했다.

그리고 욕망에 사로잡혀 있는 천세계가 강솔미의 옷을 단번에 찢었다.

쫘아악!

그러자 강솔미의 속살이 그대로 드러났다.

그리고 천세계는 아무런 부끄러움 없이 강솔미를 덮쳤다.

"에이, 산통 다 깨졌다. 수술대에 눕히라."

"예, 사장님!"

천세계는 아쉽다는 눈빛을 보였지만 박 사장의 지시라 그냥 입맛만 다시고 자신의 손아귀에서 죽쳐져 있는 강솔미를 우악스러운 손으로 질질 끌고 침대에 눕혔다.

"그럼 시작하겠습니다."

의사가 짧게 말하고 고개를 돌려 여전히 기절해 있는 강솔미를 봤다.

그리고 천세계보다 더 우악스럽게 강솔미가 입고 있던 블라우스와 속옷을 동시에 잡아 두 손으로 힘껏 찢었다.

쫘아악! 두두둑!

순간 옷이 찢어지면서 단추가 뜯어져 사방으로 튀었고, 그 순간 강솔미의 가슴이 그대로 드러났다.

"강솔미, 너도 자업자득이다."

저들은 악마다. 하지만 또 어떤 이에게는 천사다.

그리고 이 순간, 저 악마들을 지옥으로 보내기 위해 유령이 이곳으로 향하고 있었다.

* * *

"뭐하는 거야! 어서 저 새낄 죽여!"

조폭 하나가 거칠게 소리를 질렀다.

그와 동시에 나를 향해 쇠파이프와 사시미를 든 조폭이 달려들었다.

쉬익!

쇠파이프가 허공을 가르며 나의 머리를 향해 날아들었다.

나는 날아드는 쇠파이프를 가볍게 피했다.

하지만 반대편에서 날아드는 쇠파이프를 피할 시간적 여유가 없어서 몸을 틀어 그대로 팔뚝으로 쇠파이프를 막았다.

퍼어억!

"크… 윽!"

하마터면 사시미를 떨어뜨릴 뻔했다.

하지만 나는 이런 싸움에 이골이 난 놈이다.

물론 그건 회귀하기 전의 나지만 말이다.

그리고 바로 비명을 지르는 동시에 내게 쇠파이프를 휘두른 놈을 그대로 사시미로 찔렀다.

숙! 숙숙!

한 번만 찌르는 것은 없다.

"컥!"

놈은 3번의 칼침을 맞고 쓰러졌고, 나는 바로 놈에게 달려들어 놈의 인대를 끊어 냈다.

"아아악! 내, 내 다리가아아아아아!"

거친 비명이 울려 퍼졌다.

그리고 바로 급하게 일어나 내 잔인한 행동에 넋이 나간 놈을 향해 주먹을 날렸다.

퍽!

"으윽!"

나에게 턱을 강타당한 조폭이 휘청였다.

그리고 그와 동시에 나는 오른발로 조폭의 관자놀이를 그대로 가격했고, 놈이 쓰러지는 순간 늑대처럼 달려들어 놈의 복부를 찌르고 어깨를 찔렀다.

"으아아악!"

거친 메아리가 울렸다. 그리고 바로 가볍게 놈의 아킬레스건을 끊고 무릎을 사시미로 찍었다.

"아아악!"

내가 잔인할수록 놈들은 위축이 되어 함부로 덤벼들 수 없다.

또한 나는 이 순간 사람이 아니라고 끊임없이 되뇌였다.

'악을 응징하는 유령에겐 감정은 없다.'

저벅! 저벅!

다음 놈을 처치하기 위해 내가 앞으로 나가자 나를 포위했던 놈들은 두려움을 느꼈는지 뒤로 물러났다.

"덤벼! 도망칠 곳이 없다면!"

"이 미… 미친 새끼가!"

이미 내 사시미에 10명 이상이 쓰러져 불구가 됐다.

용서치 않을 것이다.

저놈들은 이곳에서 죽어간 사람들이 살려달라고 애원했을 때도 외면했으니까.

"저, 저거 완전……."

"쫄지 말고 죽이라고!"

"으아아아아!"

나는 나를 죽이라는 놈에게 고함을 지르며 들고 있던 사시미를 던졌다.

슈웅!

내가 던진 사시미가 화살처럼 날아가 놈의 이마에 푹 박혔다.

"컥!"

쿵!

그리고 나를 죽이라고 소리쳤던 놈은 그대로 쓰러져 죽었다.

"이… 미친 새끼가!"

놈들은 두려움을 느끼고 있었다.

이제는 저들은 하찮은 존재에 불과했다.

아니, 감정이 없는 유령에게 겁먹은 인간은 그저 손쉬운 먹잇감일 뿐이니까.

그렇게 나는 나를 막아서는 놈들을 차례로 쓰러뜨렸다.

"으아악!"

그리고 나를 막아섰던 마지막 놈이 쓰러졌다.

하늘에서 내리는 함박눈은 놈들이 흘린 피를 덮었지만, 여전히 놈들이 흘리는 피로 다시 붉게 물들어갔다.

"헉헉헉!"

나 역시 손이 떨리고 숨이 찼다.

이 순간의 내가 두렵다.

하지만 나는 그 두려움까지 잊을 것이다.

나는 감정 없는 유령이고, 유령은 그 어떤 감정도 느끼지 못하니까.

"으, 으아아아!"

나는 목이 터져라 소리를 지르고는 지옥의 성처럼 보이는 잣 공장으로 걸어갔다.

소리 없는 유령처럼, 모든 것을 끝내기 위해 나갔다.

끼이익!

난 지옥문을 열듯 굳게 닫혀 있는 잣 공장 문을 힘껏 열었다.

밖이 어둡기에 문이 열리는 순간 안에서 뿜어지는 빛이 밝아 눈이 부시다고 느끼기도 전에 난 부르르 온몸을 떨어야 했다.

안에서는 인두겁을 쓰고서는 차마 하지 못할 짓을 한참 저지르고 있던 놈들이 내 출현에 찰나의 순간이지만 얼음처럼 얼어붙는 듯했다.

"…너희는 정말 사람이냐?"

내 눈 앞에 펼쳐진 모습에 내 목소리는 한없이 떨렸다.

"뭐야?"

의자에 앉아 있던 중년의 남자가 벌떡 일어나 나를 노려봤다.

"넌 뭐야? 여긴 어떻게 들어왔어?"

아직 내가 침입자라는 것을 모르는 것 같다.

"너, 뭐냐고 이 병신 새끼야!"

중년의 남자가 대답 없는 내게 다시 소리를 질렀다.

"…유령."

"뭐?"

"먼저 물었다. 너희가 사람이냐고!"

이 순간 난 주체할 수 없는 분노와 살기가 내 마음 속 깊은 심연에서 끌어 올랐다.

'강… 강솔미……'

저기 고통에 겨우 동공이 확장된 듯 눈을 감지도 못하고 나를 보는 듯 아니면 자신의 삶을 원망하는 듯 뭔가를 뚫어지게 보는 듯한 모습으로 침대에 누워 싸늘하게 식어가는 강솔미를 보였다.

저렇게 내 기억 속의 강솔미가 죽었다.

…이제는 기억 하나를 끊어낼 수 있을 것 같다.

"사, 사장님!"

조금 전까지 날카로운 메스로 마치 도마 위에 소를 올려놓고 발골을 하듯 현란하게 메스를 움직였을 의사도 두려워 사장이라는 남자를 불렀다.

"계속해!"

이 순간까지도 사장이라고 불리는 남자는 메스를 잡고 있는 의사에게 장기 적출을 계속하라고 지시했다.

이 순간에도 여유롭다는 것은 저놈은 악마 그 이상의 존재라는 증거일 거다.

"저, 저 사람이, 저 사람이 보고 있습니다."

"그래서?"

사장이라고 불린 남자가 버럭 소리를 질렀고 메스를 든 남자가 기겁했다.

"저 새끼를 못 죽이면 우리가 죽어. 그러니까 우리는 저 새끼를 죽일 거라고! 그러니까 재료가 상하기 전에 작업하라고."

"예, 예, 사장님!"

"멈춰!"

나는 버럭 소리를 질렀다. 하지만 메스를 든 남자는 내 말을 무시했다.

이 순간 나는 나도 모르게 머릿속에서 뜨거운 것이 치밀었다.

"…재판을 시작하겠습니다."

"뭔 개소리를 하는 거야?"

꽤 큰 덩치 하나가 성큼 내게 다가오며 소리쳤다.

"불법 장기 척출 밀매단에게 사형을 선언함."

"허, 이것 참 뒤질 새끼가 말이 많네."

"뭐해? 세계야, 빨리 죽여!"

내게 다가선 놈의 이름이 세계인 모양이다.

"예, 형… 컥!"

쫘아아악!

놈은 사시미를 들고 있는 내 앞에서 여유를 부렸다.

그래서 나는 바로 달려들어 놈의 목젖을 사시미로 그어버렸고 붉은 피가 분수처럼 뿜어졌다.

"세, 세계야!"

남자 하나가 절규를 하듯 소리쳤고, 나는 쓰러져 피를 울컥울컥 쏟아내는 놈을 보며 뱄다.

파르르 떨리는 눈동자.

죽어가는 이 순간 죽음이 두려운 떨림이다.

"사형."

담담하게 말하고 분노로 눈동자가 떨리는 남자를 봤다.

"너 이 망할 새끼!"

두 눈에 화염이 활활 타오르는 것 같은 남자가 나를 향해 걸어왔다.

"수철아!"

그때 의자에 다시 앉은 남자가 내게 걸어오는 남자를 불렀다.

"저 새끼, 칼잡이다."

"예."

"조심해라."

"알겠습니다."

수철이라고 불린 남자가 짧게 대답을 했고, 의자에 앉아 있던 남자가 일어나 나를 봤다.

"조폭 중에 오페라의 유령을 볼 인간은 최문탁뿐이지. 이러려고 나한테 그랬군."

일이 묘하게 돌아갔다.

"그래, 최문탁이가 보냈나? 최문탁이 박 사장을 죽이라고 했나?"

내 등장의 배후가 최문탁이라고 생각하는 것 같다.

이건 다시 말해 최문탁과 이 장기밀매조직이 어떤 식이든 연결이 되어 있다는 의미인 것이다.

"…이곳에서 죽어간 모든 사람이 나를 보냈다."

"요즘 애들은 영화를 너무 영화를 많이 본다니까. 실력은 좋은데, 버릇이 없네."

"말이 필요 없는 사이지 않나?"

"그렇지. 여기서 너나 우리나 둘 중 하나는 죽으니까. 그런데 넌 누구냐?"

내가 누군지 궁금한 모양이다.

"유령."

내 말에 박 사장이 피식 웃었다.

"크하하하! 미친 새끼! 수철아! 죽여라."

"예, 사장님!"

분노에 차 있던 놈의 눈빛이 차갑게 식었다.

스스로 감정을 조절할 줄 안다는 것이고, 즉 놈이 고수라는 의미다.

"우박!"

"예, 사장님!"

"일해! 끝나고 저녁 먹어야지. 저 새끼도 작업하려면 시간 없다고."

"예, 사장님!"

순간 움찔했던 의사로 보이는 남자가 다시 메스를 잡았다.

그리고 이제는 싸늘한 시체가 되어 있는 강솔미의 몸에서 신장을 적출해 용기에 담으려 했다.

"멈추라고 했다!"

난 분노의 끝을 느끼는 순간이었다.

하지만 의사로 보이는 남자는 내 명령을 무시하고 하던 일을

유령 221

계속하려고 했다.

"멈추라고 했다. 멈춰!"

바드득!

절로 어금니가 꽉 깨물어지고 분노를 넘어 살기가 뿜어지는 순간이었다.

"어떻게 30명이나 되는 놈들을 다 쓰러뜨리고 여기까지 온 거지? 실력 좋네."

수철이라는 놈이 내게 물었다.

"쓰러뜨렸으니 들어왔겠지."

난 차갑게 말했다.

"넌, 날 막아도 죽고, 도망쳐도 죽는다."

난 내게 다가서는 수철에게 다짐하듯 말했다.

"왜, 저 밖에 있는 잔챙이들을 쓰러뜨리고 들어오니 용기가 샘솟는 모양이지?"

수철은 내가 쓰러뜨렸던 자들을 잔챙이들이라고 말했다.

그의 말뜻에는 자신이 저들보다 강하다는 뜻을 담고 있는 듯했다.

"너 하나 끝낼 정도는 되지."

난 버럭 소리를 질렀다.

"오호~ 또 재미있는 구경을 하네."

박 사장은 의자를 돌려 마치 격투기 경기를 관람하듯 앉았다.

"그래, 어디 한번 보자!"

수철이 버럭 소리를 지르며 두 팔을 벌리고 내게 달려들었다.

딱 봐도 키가 2미터에 육박했다.

그럼 두 팔의 길이는 그 이상이 된다는 의미일 거다.

스윽!

놈은 마치 나를 낚아채고 비틀어 버리겠다는 듯 두 팔을 뻗었고, 난 뒤로 살짝 물러났다.

퍽!

순간 난 놈의 손바닥에 머리를 강하게 강타당했다.

"으윽!"

난 바로 신음을 토해냈다.

내가 생각한 이상으로 팔의 길이가 긴 놈이었다.

그것도 꽤나 비정상적으로 말이다.

"별거 아니네. 히히히!"

놈은 자신의 첫 공격이 성공했다는 생각에 이죽거리며 웃었다.

"조심해라! 까불지 말고. 조조가 적벽에서 왜 졌는지 말해줬지? 까불다가 진 거다."

"걱정 마십시오. 이래 봬도 제가 목가권 장문입니다."

수철은 날 무시하겠다는 듯 고개를 돌려 박 사장에게 말했다.

난 그 순간을 놓치지 않고 놈을 향해 힘껏 날아올라서 무릎으로 놈의 이마를 정확하게 찍었다.

퍼어억!

"으윽!"

보통 이 정도의 타격을 받으면 앞으로 고꾸라지든 뒤로 고꾸라지든 쓰러지는 것이 보통인데, 놈은 으윽, 잠시 신음을 내뱉고는 비틀거릴 뿐이었다.

"봐라! 내가 조심하라고 했지?"

수철이 내 공격에 큰 타격을 입었는데도 박 사장은 무척이나 여유가 있었다.

이건 여전히 박 사장이 수철을 믿고 있다는 의미였다.

"으윽! 죄송합니다."

놈은 박 사장에게 말하고 나를 노려봤다.

"이 새끼가!"

버럭 소리를 지르며 고릴라처럼 쿵쿵거리며 내게 달려들었다.

쉬웅!

팔이 길고 손바닥이 정말 솥뚜껑 같았기에 내게 날아드는 녀석의 주먹은 나를 향해 날아들며 바람을 일으켰다.

"…두 번 당하진 않는다."

난 놈의 공격을 정확하게 피했다.

그리고 바로 뒤로 물러나 어금니를 꽉 깨물었다.

그리고 다시 수철이 나를 향해 팔을 뻗었다.

난 그 순간 빠르게 놈에게 달려가 다시 혼신의 힘을 다해 놈의 복부를 향해 사시미를 찔렀다.

수욱!

"으윽!"

수철이 신음을 토해냈고 나는 사시미를 뽑으려 했다.

하지만 순간 사시미가 뽑히지 않았다.

수철의 손이 내 손을 잡고 있었다.

퍼어억!

난 순간 놈이 지른 타격에 머리를 강하게 맞았다.

"으윽!"

퍼어억!

다시 놈의 주먹이 내 턱을 향해 뻗어졌고, 나는 영화처럼 날아가 떨어졌다.

쿵!

내게는 치명적인 타격일 수 있었으나 어떤 면에서는 천운이었다.

놈의 손아귀에서 벗어났으니까.

그리고 이 순간이 놈의 최대의 실수라면 실수일 것이다.

기회가 있을 때 나를 죽이지 못했으니까.

"가소로운 놈!"

자신이 있다는 것이다.

"으으윽!"

놈은 사시미에 찔렸지만, 나는 갈비뼈가 부러진 것 같다.

하지만 놈은 사시미에 찔린 것이 거짓이라는 듯 성큼성큼 다가왔다.

"씨발~ 내 이럴 줄 알았다니까. 니는 나 없으면 안 된다."

그때 기절해 있어야 하는 조명득이 소리를 질렀다.

"괜찮나?"

"죽을 뻔했다."

"혼자 깝치면 이리 되는 기다."

"…조심해 저 새끼, 엄청나!"

"그러네. 고릴라처럼 생겼네."

"넌 뭐야?"

수철이 조명득에게 버럭 소리를 질렀다.

"니는 뭐라고 했노?"

조명득이 수철을 무시하고 내게 말했다.

"유령!"

"하여튼 똥폼은 다 잡았네."

조명득이 씩 웃고 수철을 봤다.

"내? 유령이 친구 마왕!"

"이런 미친 새끼가!"

"미쳤으니까 이러지!"

조명득이 어깨에 메고 있던 산탄총을 돌려 고쳐 잡고 수철을 향해 쐈다.

탕! 탕! 탕!

"컥!"

3발의 산탄총에 수철은 벌집이 되어 앞으로 고꾸라졌다.

쿵!

"조선 시대도 아닌데 칼로 되긋나!"

"이, 이 미친 새끼가!"

그제야 격투기를 구경하는 것 같던 박 사장의 목소리가 떨렸다.

그제야 의사도 메스질을 멈췄다.

"너… 너희는 도대체 뭐야?"

"너를 죽이려 온 사람."

난 놈에게 그렇게 말하고 여전히 바닥에 피를 뚝뚝 떨어뜨리고 있는 강솔미의 시체를 봤다.

"이런 망할……."

박 사장이 뒷걸음질을 쳤다.

하지만 놈이 도망칠 곳은 없다.

"…네가 뿌린 그대로 될 것이다."

"뭐… 뭐라고?"

나는 빠르게 달려 박 사장의 멱살을 잡았고, 바로 사시미로 박 사장의 목을 그었다.

서걱!

쫘아아악!

피가 뿜어졌고 박 사장의 눈동자가 파르르 떨렸다가 앞으로 쓰러져서 죽었다. 그리고 이 모습에 잔뜩 겁을 먹은 의사가 바지에 오줌을 쌌다.

"당신은 어떻게 될까?"

"살, 살려주십시오. 나는 시켜서 한 죄밖에는 없습니다!"

"…그래, 그것도 죄지."

나는 의사에게 다가갔다. 그러자 놈은 들고 있는 메스를 휘둘렀고 나는 그 손을 사시미로 베어버렸다.

서걱!

"끄아아악!"

거친 비명이 울려 퍼졌다.

그리고 나는 피를 흘리는 의사의 멱살을 잡았다.

"살… 살려 커어어억!"

살려달라고 애원하는 놈의 목에 사시미를 쑤셔 넣었다. 이 지옥 같은 곳에 숨 쉬는 모든 자들을 죽였다.

드드득! 드드득!

그리고 천천히 걸어가 분쇄기의 전원을 컸다.

"…명득아!"

"와?"

"나가 있어라."

"와?"

"부탁이다."

"…알았다."

조명득도 내가 무슨 짓을 하려는지 짐작한 것 같다.

그러고는 더는 말하지 않고 밖으로 나갔다.

그리고 나는 박 사장의 품에서 핸드폰을 꺼내 테이블 위에 올려놨다.

꼬끼오~ 꼬끼오~

분쇄기 소리가 들리자 양계장의 닭들이 울기 시작했다. 동물들은 반복학습을 통해 자신이 언제 밥을 먹을 때인지 아는 것이다.

*   *   *

쫘아아악!

모든 일을 끝냈다.

박 사장과 수철이라는 놈은 이제 이 세상 어디에도 없다. 그 시체마저도.

그리고 나는 바로 옆에 있는 샤워장으로 가 옷을 입은 상태로 모든 흔적을 지웠다. 물론 옷에 물든 핏자국은 그대로지만.

저벅! 저벅!

그리고 온몸이 젖은 상태로 밖으로 나왔고, 조명득은 젖은 물기 때문에 김이 피어나는 나를 보고 눈동자가 떨렸다.

"유… 유령……."

나는 똑똑하게 들었다. 조명득이 나를 보며 유령이라고 중얼거리는 소리를.

"…가자."

"괜찮나?"

"괜찮아야지."

"내는 무서운 것이 없었는데, 이제는 니가 무섭다."

조명득의 눈동자가 떨렸다.

"…그래, 나도 내가 무섭다."

나는 조명득이 몰고 온 차에 탔다.

"…내 안의 유령이 다시 나오지 않았으면 하네."

제7장
제대로 된 꼴통 짓을
보여주마!

지검장실.

"저걸 아직 실마리도 못 잡나? 쯔쯔쯔!"

지검장님은 TV를 보시며 인상을 찡그렸다. 지금 TV에서 대대적으로 보도되는 뉴스는 3개월 전 사건이다.

가평 집단 난투극 사건.

내가 유령이 되어 저질렀던 사건이 아직도 보도가 되고 있는 것이다.

"경기도 애들은 도대체 뭐하는지 모르겠다."

저 사건이 아직도 뉴스로 나오고 있는 것은 가평 집단 난투극 사건에서 출동한 경찰이 장기 적출 현장을 보고 경악했기 때문일 것이다.

하지만 장기 적출과 관련된 보도는 하나도 없었다. 그 사실은 숨기고 내사를 하고 있을 거니까.

하지만 경기도 검찰청은 사건 실마리 하나 찾지 못하고 있었다.

"우리 박동철 검사가 담당하면 1달이면 찾을 건데!"

내가 일으킨 사건을 내가 담당한다면 참 재미있는 꼴이 될 것 같다.

가평에서 일이 있고 3개월 동안 많은 것이 변했다.

지검장님은 서울 고검장으로 승진하셨고, 내일이면 발령을 받고 떠나신다. 그리고 나는 이것저것 사건들을 해결했다.

"왜 말이 없냐?"

"고검장으로 가시는 거, 축하드립니다."

"너 덕에 가는 거잖아."

입은 삐뚤어져도 말은 바로 하라고 하시는 분이셔서 그런지 항상 이렇게 말을 바로 하신다.

"아시면 쏘십시오."

"쏴?"

"예, 요즘 한우가 당깁니다."

"내가?"

"예, 저 때문에 고검장 되신 거라면서요?"

"야! 말이 그렇지. 내가 외압을 안 막아주고, 서울이고 광주고 조사관 따로 지원 안 받았으면 그 일을 해결했겠냐?"

"그렇기는 하죠."

"그리고 요지부동 해경들 움직인 것도 나라고."

"예, 예, 맞습니다. 맞고요."

"…하여튼 고맙다."

"좋으십니까?"

"승진 싫어하는 놈 있냐?"

지검장님이 나를 빤히 봤다.

"왜 그렇게 보십니까?"

"박동철 검사!"

순간 지검장님의 장난기 가득한 눈빛에서 장난기가 빠졌다.

"예!"

"내가 요즘에 돌을 모으는 취미가 생겼다."

"수석요?"

"그래. 수석!"

"그런데 왜요?"

"…수석 중에 모난 돌은 없더라."

뜬금없는 소리를 하시는 지검장님이시다.

"무슨 말씀을 하시려고요."

"수사도 좋고, 정의 구현도 좋고 다 좋은데, 모난 짓은 하지 마라."

"예?"

"이제는 비빌 언덕도 없으니까."

맞다.

지검장님은 내게 언덕이 되어주셨다.

사실 법조계는 숨이 막힐 정도로 폐쇄적이다. 친분과 인맥 그리고 학연과 지연과 혈연으로 똘똘 뭉친 곳이다.

그렇기 때문에 합법과 위법을 넘나드는 사건이 많다.

법을 집행하는 것도 사람이고, 죄를 짓고 판결하는 사람도 사람이니까.

"적당하게 모난 돌 되지 말라는 말이다."

따지고 본다면 나는 벌써 모난 돌일 것이다.

"노력하겠습니다."

"정말 너 꼴리는 대로 하고 싶으면 때려치워."

이건 충고다.

맞다.

요즘 나는 고민이 많다.

가평을 다녀온 후 심각한 고민에 빠졌다.

검사의 능력.

그리고 검사가 할 수 있는 일.

법의 집행과 한계가 숨이 막힌다.

"잘 생각하겠습니다."

"너도 벌써 검사 2년 차다."

"예, 지검장님!"

"야아~ 내일이면 고검장이야!"

고검장이 되신 것이 정말 좋으신 모양이다

"막 나가는 것도 한계가 있는 거다. 더럽고 치사해도 법의 울타리 안에서 노는 거다."

"예."

오늘 잔소리가 심해지셨다.

"너, 한우 먹고 싶다고 했지?"

"예."

"그래~ 내가 오늘 쏜다."

"감사합니다. 그런데 오늘은 안 되는데요."

"뭐?"

한우를 먹고 싶다고 해서 사주시는 건데, 오늘은 안 된다고 말하니 지검장께서는 황당한 표정을 지어보였다.

"…오늘 저희 과 회식 있습니다."

"뭐 먹는데?"

"한우요."

나는 지검장을 보며 씩 웃었다.

*   *   *

최문탁의 사무실.

"아직도?"

최문탁은 상두를 보며 인상을 찡그렸다.

"예, 형님! 박 사장도 목수철도 천세계도 다 사라졌습니다."

"가평 잣 공장이 박살이 났는데 다 없어?"

"그렇습니다. 현장에는 확실히 있었는데, 그 유령이 나타나고 사라졌습니다."

"시체도 없다?"

"그렇습니다."

"불구가 된 놈들 입단속 잘 시켰지?"

"예, 정말 모진 놈입니다. 정말 유령 같은 놈입니다."

경찰도 가평 잣 공장 사건을 수사하고 있지만 본의 아니게 칠승파를 통일하게 된 최문탁도 은밀하게 조사하고 있었다.

물론 더 정확하게 말하면 수습이라고 해야 할 것이다.

그리고 박동철과 싸우다가 불구가 된 놈들은 가면을 쓴 놈에게 당했다고 말했는데, 그 가면이 오페라의 유령에서 주인공이 쓰는 가면이라는 것을 알게 됐다.

그래서 박동철은 칠승파 핵심 인원들에게는 유령으로 불렸다.

물론 박동철의 실체는 모르지만 말이다.

"유령……."

최문탁이 인상을 찡그리며 중얼거렸다.

"박 사장이 사라지고 인천은 완전히 무너졌습니다."

상두는 묘한 눈빛으로 말했다.

"결국 내가 어부지리를 한 거군."

"그렇게 되는 꼴입니다."

"나라고 생각할까?"

상두가 묘한 눈빛을 보인 것은 바로 이것 때문이었다.

"…그렇게 수군거리는 것들이 많습니다."

"으음… 변명할 필요도, 수긍할 필요도 없겠군."

"예, 조직 전체가 형님을 두려워하고 있습니다."

"제대로 어부지리를 얻었군."

최문탁은 쓸쓸한 생각이 들었다.

"그건 그렇고, 박 사장과 그 핵심 인원은 어디로 갔을까요? 혹시 잠적한 거라면 형님을 타깃으로……."

"죽거나, 죽어서 사라졌거나."

"예?"

최문탁은 인상을 찡그렸다.

최문탁은 뭔가 짐작이 되지만 말을 꺼내지 않았다.

그저 추측에 불과한 생각이었기에 죽거나, 죽어서 사라졌다고만 했다.

"유령이란 말이지……."

그렇게 가평 잣 공장 살인 사건은 시간이 지날수록 미궁에 빠졌다.

박동철은 살인 사건이라고 신고했지만 죽은 자는 아무도 없었다.

시체 없는 살인 사건은 없기에 그저 가평 잣 공장 집단 난투극으로 마무리되고 있었다.

물론 경기 검찰청은 불법 장기 적출에 관한 내사를 지속적으로 펼치고 있지만 작은 실마리 하나 찾지 못했다.

*   *   *

구치소 특별 면회실에서 대야수산 황수성 전 회장이 변호사가 가지고 온 도시락을 허겁지겁 먹고 있었다.

"형님, 식사량이 느신 것 같습니다."

"구치소에서 아무것도 못 먹고 있어."

"예? 영치금 넣어드렸잖습니까?"

"검사 새끼가 세무 공무원이랑 와서 추징해 갔어. 망할 놈!"

"예?"

황수성의 친동생이며 변호사인 황수찬은 어이가 없다는 표정으로 되물었다.

"영치금은 내 사적 재산이라고 탈탈 털어갔어. 십 원 한 푼 안 남기고 털어갔어. 그리고 넣어준 내복하고 책들도 다 압수해 갔어. 미치겠네."

"그건 또 왜요?"

"공매 처리 한다네. 망할 새끼!"

그랬다. 박동철은 황제노역으로 인터넷을 달군 황수성 대야수산 전 회장의 재산을 파악했고, 법적으로는 단 한 푼의 재산도 없다는 것을 확인하더니 미친 척하고 영치금을 압류하여 추징했다.

황당한 일이지만 영치금은 어쩔 수 없이 개인 재산에 포함되어 있어서 황수성의 입장에서는 추징을 당할 수밖에 없었다.

그리고 황수찬이 넣어준 고급 캐시미어 내복과 기타 등등의 물품 역시 황수성의 개인 재산이기에 추징했다.

그래서 화가 단단히 난 황수성이었다.

"내가 지금 거지처럼 추워서 이 내복을 빨지도 못해."

"정말입니까?"

"내가 그럼 거짓말을 해?"

황수성이 버럭 소리를 질렀다.

"영치금을 넣는 족족 빼간다고. 영치금이 개인 재산이라잖아. 나한테도 인권이 있다고! 내가 내일모레면 70인데 구치소에서 벌벌 떨어야겠어?"

"죄송합니다. 형님!"

"내가 벌써 여기 3달째야. 어쩔 거야!"

박동철에게 당한 꼴통 짓 때문에 괜히 동생인 황수찬에게 화풀이를 하는 황수성이었다.

　"…영치금은 다시 넣겠습니다."

　"그거 넣으면 또 빼가잖아!"

　똑똑! 똑똑!

　그때 면회실에 누군가 노크를 했다.

　"뭡니까?"

　황수찬 변호사가 문을 열고 들어서는 사람을 보고 묻다가 그의 얼굴을 확인하고 인상을 찡그렸다.

＊　　　　＊　　　　＊

　나는 지금 특별 면회실 앞에 서 있다.

　저 안에는 황수성의 동생인 변호사 황수찬이 있고, 그가 군산과 광주에서 꽤나 이름을 날리는 변호사라는 것을 파악했다.

　황수성의 사위는 판사였는데, 놀랍게도 하루 노역을 3억으로 책정한 판사였다.

　이래서 지역 사회라는 소리가 있는 것이다.

　서로 아는 것끼리 똘똘 뭉쳐서 별짓을 다하는 것이다.

　'향판이 이래서 문제지.'

　향판은 전국 법원에서 순환근무하지 않고 대전, 대구, 광주, 부산고법 등 지방 관할 법원 중 한 곳에 부임하여 퇴임할 때까지 근무하는 법관제다.

　10년 이상 근무하면 다른 지역으로 전보를 요청할 수 있는데,

보통 판사로 정년퇴임을 하려는 사람은 전보 요청을 안 한다.

지역법관제는 수도권에 지원자가 쏠리는 문제점을 해결하고, 인사이동이 잦아져 재판이 부실해질 수 있다는 우려에 따라 인사의 안정성 확보를 위해 2004년부터 도입됐다.

이는 대법원이 기존에 관행으로 있던 향판(鄕判)을 제도화한 것이지만, 이렇게 황제노역같이 어이없는 사건들이 만들어지고 있었다.

특히 판사가 지연과 학연을 통한 지역 인사와의 유착 등 폐해가 끊임없이 지적되고 있는 실정이었기에 대야수산 황수성은 그 향판 제도를 이용해 자신에게 유리한 노역 금액을 책정해 벌금을 까려다가 인터넷에 걸려 다시 재판이 진행되고 있었다.

그리고 그 사건을 내가 맡았다.

그래서 나는 끝로 팔 생각이다.

어떻게 보면 일일 노역 금액을 3억으로 책정한 판사도 꼴통일 거다.

하지만 이번 기회에 꼴통 위에 꼴통이 있다는 것을 보여줄 참이다.

'아프리카에서부터 터뜨렸으니까.'

이번 사건을 담당하면서 사건 해결의 도구를 언론으로 정했다.

그리고 그 언론은 공중파나 케이블이 아닌 인터넷 개인 방송을 하는 사이트로 정했고, 세부적인 사항은 조명득이 준비를 해서 실행에 옮겼다.

똑똑!

나는 특별 면회실 문을 두드리고 안으로 들어갔다.

내 모습을 본 황수찬 변호사가 인상을 찡그렸다.

"박동철 검사! 지금 뭐하는 겁니까?"

"이야, 형제분들이 우애가 남다르시네요. 아침, 점심, 저녁 꼬박꼬박 식사 수발을 드시네요."

내 말에 황수찬 변호사가 인상을 찡그렸다.

"지금은 변호사 접견 중입니다. 검사님!"

내 출현에 대해 이의를 제기하는 것이다.

원래 변호사 접견 중에는 검사나 다른 관계자들이 들어가서는 안 된다.

"이런 수제 도시락은 얼마나 하죠?"

"왜? 이것도 추징하시려고?"

"먹고 계신 것을 어떻게 추징합니까?"

나는 씩 웃으며 말했다.

"으음……."

황수성이 나를 노려봤다. 영치금을 탈탈 털려서 그런지 나한테 감정이 좋지 않았다.

아마 대한민국에서 구치소에 구금된 범죄자들 중 영치금을 털린 범죄자는 황수성이 처음일 것이다.

그리고 이렇게 황제노역으로 3억을 까다가 재판을 다시 받는 사람도 저 인간이 처음일 것이고.

"검사님은 안 바쁩니까?"

황수성이 내게 물었다.

"하하하! 아직까지 제겐 다른 사건 배정이 없네요."

"그건 그렇고 나이 드신 분 추우실까 봐 넣어드린 내복도 추징을 합니까?"

황수찬 변호사가 따지듯 말했다.

"그 내복도 사유재산이잖습니까? 개봉하지 않은 것이라 법대로 사유재산을 압류해 공매 처분하는 것이 뭐가 잘못된 거죠? 마음 같아서는 입고 계신 것도 압류해서 공매 처분하고 싶네요."

내 말에 황수성의 표정이 굳어졌다.

다른 사람이 들으면 농담처럼 들리겠지만, 황수성은 내게 당한 것이 있기에 그럴 수도 있다고 생각이 드는 모양이다.

자라보고 놀란 가슴은 솥뚜껑을 보고도 놀란다는 말이 이럴 때 쓰는 것이다.

"이 양반이 정말!"

황수찬 변호사가 나를 보며 핏대를 세웠다.

"사유재산이 땡전 한 푼 없다고 360억 노역으로 때우시겠다면서요? 그래서 사유재산 찾아서 집행한 겁니다."

내 말에 황수찬 변호사가 멍해졌다.

"정말 이럴 겁니까? 이 정도면 막가자는 거죠?"

"이 정도라뇨? 아직 시작도 안 했습니다."

"뭐라고요?"

"저번 재판 때 판결하신 판사께서 놀랍게도 황수성 회장님 사위시더라고요? 이건 왜 뉴스가 안 되었는지 몰라."

"으음……."

내 말에 황수성이 인상을 찡그리며 한숨을 쉬고 나를 째려봤다.

"형제분 우애가 남다르신데 형님을 이렇게 구치소 계속 있게 두실 겁니까? 대신 벌금을 내주시는 것은 어떠세요? 잘 찾아보면 360억 나올 것 같은데?"

"뭐라고요?"

황수찬 변호사가 어이가 없다는 눈빛으로 나를 봤다.

"이번 재판은 저번 재판과 확실히 다를 겁니다."

"이 사람이 정말!"

"담당 검사가 다르거든요."

내가 이곳에 온 것은 선전포고나 다름이 없었다.

"식사 맛있게 하시고, 법으로 정한 변호사 접견이지만 자제 좀 하세요. 다른 피의자들도 써야 하잖습니까?"

"법이 정한 권리를 내 의뢰인께서 행사하시는 겁니다."

"뭐, 그러시겠죠. 내일부터는 좀 어려울 테지만."

"뭐요?"

"내일 되면 압니다. 전 이만!"

*   *   *

아프리카 TV 개인 방송.

사람들이 관심을 가지는 것은 몇 가지로 구분이 된다.

미녀.

돈.

그리고 이슈.

미녀와 이슈, 그리고 돈이 뭉쳐지면 네티즌들은 열광한다.

그리고 나는 열광에 동참하기로 했다.

그리고 네티즌들을 열광하게 만들 것이다.

"이번 추천 종목은 재생 바이오 종목입니다."

모니터 안에서는 섹시한 옷을 입은 미녀 BJ가 주식을 소개하고 있었다.

보통 이런 주식 개인 방송은 양복을 잘 차려 입은 남자가 나와서 개인 방송을 하는 것이 보통인데, 이 개인 방송 채널은 양복을 짝 빼입고 점잔을 떠는 남자가 아니라 섹시한 의상으로 무장한 여자가 주식을 소개하고 있었다.

2009년을 기점으로 주식 열기는 한풀 꺾였다.

하지만 주식을 하는 사람들은 한풀 꺾인 주식 장에서도 발을 빼지 못하고 미련을 잡는다.

사실 아프리카 TV 주식 방송은 이슈가 되고 있었다.

이슈가 되는 이유는 간단했다.

미녀가 나오고, 돈이 보이고, 가끔 이슈를 만들어주니까.

"시작한다!"

몇 명의 사람들이 사무실에 모여 아프리카 개인 방송인 돈과 이슈를 보고 있었다. 그리고 이런 사람들의 수는 기하급수적으로 늘어나고 있었다.

그 방송에서 이야기가 되는 주식은 그 다음 날 어김없이 상승을 하니 사람들이 몰려들 수밖에 없었다.

그리고 방송을 하는 BJ도 엄청 미녀였다. 물론 캠의 각도에 따라 평범한 얼굴도 미녀로 보이기도 하지만 이 방송의 BJ는 확실히 미녀였다.

그래서 더욱 이슈가 되고 있었다.

"정말 대단하지 않아? 핵심을 찍어준다니까."

"그러니까. 저렇게 미녀가 어떻게 주식시장의 흐름을 정확하게 파악할 수 있지?"

처음 시작을 할 때는 주식을 알려주는 미녀가 개인 방송을 하기에 주식보다는 미녀를 보기 위해 개인 방송을 보는 시청자들이 많았다.

하지만 어느 순간 주간 상승 퍼센트가 올라갈수록 주식을 하는 사람들이 모여 들었다.

입소문이 난 것이다.

지금은 개인 방송 시청자들은 만 명에 육박했고, 미녀가 찍어주는 주식을 사고 수익을 낸 사람들은 고마워서 별풍선을 쏘는 난리를 쳤다.

주식 짱 님께서 별풍선 3,000개를 쏘셨습니다

"감사합니다. 땡큐~"

미녀 BJ가 바로 주식 짱이라는 닉네임을 가진 시청자가 별풍선을 쏴주는 것에 감사하다고 말했다.

―오늘 종목은 재생 바이오주인가요?

그리고 채팅창이 난리가 났다.

별풍선이 계속 쏘는 모습이 채팅창에 보였고 1,000개 이하는 BJ가 고맙다는 말도 할 수가 없을 정도로 많았다.

이건 다시 말해 이 방송을 보며 주식으로 돈을 번 사람들이 많아졌다는 의미일 것이다.

"그렇습니다. 오늘 추천 종목은 재생 바이오 주식인 대영 케미컬입니다. 현재가는 딱 떨어지는 2,000원이고 내일은 상한가를 예상합니다. 저 예쁘죠? 고맙죠? 사랑스럽죠? 내일은 우리 모두 에브리 바디 대영 케미컬입니다."

대놓고 상한가를 말하는 미녀였다.

—누나! 가슴 보여줘~

미녀가 주식방송을 하니 이런 놈들도 있었다.

—가슴 짱~

너에게 쏜다! 님께서 별풍선 3,000개를 쏘셨습니다.

하여튼 참 요상한 방송이었다.

하지만 그 방송의 효과는 확실했다.

이곳에서 방송을 한 주식은 어김없이 다음 날 상승했다. 사실 주가 조작까지는 아니지만 박동철이 상승을 예상한 종목들을 여기서 방송을 했고, 처음에는 감으로 주식을 한 박동철이지만 어느 순간부터 주식을 공부하기 시작해서 주식 전문가로 변해 있었다.

"대영 케미컬이라고 했지?"

"내일부터 바로 뜨겠군."

방송을 보는 남자들이 흐뭇한 표정을 지어보였다.

"내일 대영 케미컬 살 수나 있으려나?"

"그러게. 쩝!"

"내일 그냥 바로 상한가 가는 거 아닌지 몰라."

"그래도 그냥 폭등주는 아니었으니까."

방송을 이용해 주식을 조작하는 것은 결코 아니었다. 박동철은 한 번 주식을 사면 최소 6개월 이상 장기 투자를 했으니까.

그리고 시간이 없어서 매일 주식 가격을 볼 수도 없었다.

―대영 케미컬!

―대영 케미컬!

―대영 케미컬!

―대영 케미컬!

채팅창은 난리가 났다.

그리고 인터넷도 난리가 났다. 놀라운 것은 이 방송을 본 사람들이 인터넷에서 대영 케미컬을 검색했고, 실시간 검색에서 당당하게 10위 안에 바로 오르더니 빠르게 3위까지 올랐다.

"이야기 하나 할까요?"

주식으로 사람들은 모은 미녀 BJ가 이제는 이슈를 이야기 할 차례였다.

그리고 약간의 섹시 댄스 후에 사는 이야기를 하면서 방송을 끝냈다.

―뭔 이야기인데?

―누나, 섹스 댄스 먼저 쏴 주세요!

―누나 짱!

"섹시 댄스는 다음에 바로 하고요. 우선은 요즘 인터넷을 보니까 황제노역으로 바짝 달아올랐더라고요."

"황제노역?"

사무실에서 개인 방송을 보고 있던 사람들이 서로를 봤다.

3달 전에 살짝 이슈가 되었던 이야기인데 그 이야기를 왜 다시 꺼내느냐는 표정이었다.

하지만 이 방송을 보는 사람들이 전국 1만 명에 육박하기에 새로운 이슈가 될 것이 분명했다.

그리고 이런 반응을 보이는 사람들은 이들만이 아니었다.

주식 짱님께서 별풍선 3,000개를 쏘셨습니다.

주식 짱님께서 별풍선 1,000개를 쏘셨습니다.

주식 짱님께서 별풍선 1,000개를 쏘셨습니다.

주식 짱님께서 별풍선 1,000개를 쏘셨습니다.

"…저 주식 짱, 별풍선 쏘네."

방송을 시작할 때마다 최소 10만 개를 쏘는 주식 짱이었다.

그리고 이렇게 별풍선을 쏘는 것도 이슈가 되고 이었다.

물론 지금 미녀 BJ에서 별풍선을 쏘는 사람은 다름 아닌 조명득이지만 말이다.

그리고 이건 청명회가 주도적으로 운영하는 개인 방송이라는 사실을 아는 사람은 아무도 없었다.

언론을 움직인다.

그리고 이슈를 만든다.

이게 바로 박동철이 가진 또 하나의 무기였다.

"주식 짱 님 감사~ 오늘도 10만 개 쏘시나요? 호호호!"

미녀 BJ가 물었지만 조명득은 채팅에 참여하지 않았다.

"항상 과묵하시다니까. 호호호! 하던 이야기 계속할게요. 황제노역 아시죠? 그런데 제보가 들어왔어요. 그 황제노역 재판의 판사가 놀랍게도 피고의 사위라네요. 이게 대한민국인가요? 아니면 어디 아프리카 우간다에서 열리는 재판인가요?"

미녀 BJ가 앵무새처럼 말했다.

물론 이 멘트는 사선에 박동철의 지시를 받은 조명득이 문자로 알려준 내용이었고, 채팅에는 참여하지 않는 조명득이지만 실시간으로 문자를 통해 할 이야기를 알려주고 있었다.

—리얼리?

—정말?

—그런데 왜 뉴스에 방송이 안 된 거지?

—딱 봐도 모르냐? 이거 완전 짜고 치는 고스톱이잖아~

—누나, 가슴 보여줘요.

개인 방송 시청자들은 놀라움을 감추지 못했고 그 와중에도 정신없는 것들은 미녀 BJ에게 가슴을 보여 달라고 떼를 썼다.

하지만 그렇게 떼를 쓰는 것도 어느 정도 미녀 BJ의 책임도 있었다.

사실 이 BJ가 처음 개인 방송을 시작할 때는 섹시 미녀라는 이름으로 섹시 댄스를 추면서 시청자들을 모았으니까.

그리고 지금도 꽤나 섹시한 옷을 입고 있었고, 살짝만 상체를 숙이면 가슴골이 다 보일 정도였다.

다시 말해 지금 가슴 보여 달라고 떼를 쓰는 것들은 이 미녀 BJ의 초기 시청자이면서 팬이었던 것이다.

"호호호! 가슴 보여주면 방송 잘려요. 호호호!"

―그럼 섹시 댄스라도!

"있다가요. 호호호!"

미녀 BJ의 댄스 본능은 숨길 수 없는 모양이다.

주식 짱 님께서 별풍선 3,000개를 쏘셨습니다.

조명득이 별풍선을 쐈고 바로 문자로 새로운 사실을 날렸고, 미녀 BJ는 힐끗 핸드폰을 봤다.

"대한민국 평균 노역 책정 비용이 5만 원이라네요. 5만 원! 그런데 그 황제노역을 하시는 황제께서는 하루에 자그마치 3억이랍니다. 3억이면 공이 몇 개나 붙나요?"

미녀 BJ가 손가락을 쫙 펴며 말했다.

박동철은 이렇게 다시 한 번 이슈를 만들었고, 그 이슈를 무기로 쓰려고 했다.

―공이 8개죠.

―하루 노역 3억… 대박이다.

―역시 개한민국이라니까.

채팅창이 난리가 났다.

이 개인 방송을 통해서 인터넷도 다시 난리가 나면서 대영 케미컬과 함께 실시간 검색 순위에 올랐다.

"그럼 이제 섹시 댄스 타임~"

미녀 BJ가 자리에서 일어났다.

그러자 음악이 흘렀고, BJ는 섹시 댄스를 추기 시작했다.

조명득은 나머지 별풍선을 다 쓰고는 개인 방송에서 빠져나왔다.

인터넷에선 황제노역과 노역 하루 일당 3억, 그리고 판사 사위 둔 노역 황제라는 검색어가 실시간 상위를 차지했다.

＊　　　＊　　　＊

한우 전문점.

오늘은 우리 형사 2부 회식이 있는 날이다.

그래서 지검장님이 한우를 사주시겠다는 것도 마다했다.

약속이 중요하니까.

그리고 저 멀리서 별풍선을 다 쏘고 오는 조명득의 모습이 보였다. 딱 시간을 맞춰서 온 것이다.

"다녀왔습니다. 검사님!"

"일은 잘 처리하셨어요?"

"여부가 있겠습니까? 하하하!"

"여기 엄청나게 맛있고 유명해요. 예약을 안 하면 자리도 없어요."

요즘 실연의 상처를 먹는 것으로 풀고 있는 최 사무관이 회식 장소를 잡았다.

"정말이지?"

조명득이 최 사무관에게 물었다.

"그럼요. 그냥 인터넷만 요란한 맛집과는 수준이 다르다고요. 줄을 서서 기다려야 하거든요."

"그런데 왜 줄이 안 보여?"

"예?"

줄을 서서 기다려서 먹어야 한다는 한우 전문점인데 식당 앞은 행했다.

"…쉬는 날인가?"

최 사무관도 어리둥절한 표정이 됐다.

"쉬는 날이면 예약이 안 되지."

"그렇죠."

하여튼 엄청나게 유명하고 맛있다는 맛집이 오늘 따라 썰렁했다.

그런데 반대편 한우 전문점은 엄청나게 장사가 잘 되고 있었다.

최 사무관의 말대로 줄을 서는 사람들도 보였다.

"최 사무관!"

"예, 검사님!"

"잘못 온 거 아냐? 저쪽 아닌가?"

"여기 맞아요. 황소고집!"

최 사무관은 간판을 봤다. 그러면서도 최 사무관 역시 이상하다는 표정을 지어보였다.

"하여튼 들어가시죠. 검사님!"

한우를 먹는다는 말에 오 수사관은 입맛을 다셨다. 사실 한우가 한국소인데, 정작 비싸서 한국 사람은 잘 먹을 수가 없다. 그게 참 아이가 없었다.

그리고 이번 회식은 가족 모임으로 정했다.

그래서 오 수사관님의 가족과 마 수사관님의 가족들이 다 왔다.

그렇게 해서 16명이 함께했는데, 그중에서 오 수사관님의 가족들만 총 6명이었다. 마 수사관님의 가족까지 하면 9명이고.

"그런데 조 수사관은 어디 다녀오시는 거예요?"

최 사무관이 조명득에게 물었다.

"검사님이 지시한 것이 있어서……."

"또 내사입니까?"

"아니요. 택배 좀. 부탁했습니다."

내가 조명득에게 미녀 BJ에게 별풍선은 10만 개 쏘라고 했다고 말할 수는 없으니까.

"어서 오십시오."

식당으로 들어섰는데 식당 안도 썰렁했다. 그리고 우리를 반기는 주인의 표정도 썰렁했다.

"여기, 정말 맛집 맞아?"

나는 황당한 생각이 들어서 최 사무관에게 물었다.

"예, 맞아요."

맛집이 맞다는데 파리만 날리고 있었다.

그리고 그 파리만 날린 것이 하루 이틀 된 것이 아닌 것 같아 보였다.

"예약 손님이시죠?"

"예."

최 사무관이 어리둥절한 표정을 지어보이며 짧게 대답했다.

"정성을 다해 모시겠습니다. 저희 가게 마지막 손님이시니까요."

"예?"

가게 주인이 황당한 소리를 했다.

"예약석으로 모시겠습니다."

내가 되물었지만 한우 전문점 주인은 씁쓸한 미소를 보이며 자리를 안내할 뿐이었다.

*   *   *

회식장.

"…고기 맛있네."

세상에서 제일 맛있는 고기는 공짜로 먹는 한우일 것이고, 가족과 같이 먹는 한우일 것이다.

검찰 수사관 월급이 빠듯하니 이렇게 허리띠를 풀고 한우를 먹을 수 있는 날은 없을 것이다.

그래서인지 오 수사관은 어깨가 으쓱해 보였다.

"많이 드세요. 사모님!"

검사인 내가 오 수사관의 아내에게 사모님이라고 부르자, 오 수사관님의 아내는 몸 둘 바를 몰라 했다.

"호호호! 잘 먹을게요. 검사님!"

"검사는 무슨, 그냥 동철아! 부르세요."

"제가요?"

오 수사관의 아내가 놀란 표정으로 변했다.

"저희 누나도 저를 동철아! 이렇게 부르거든요. 다 한 가족이 잖아요."

"호호호! 가족요?"

"예, 오 수사관님 없으면 저 수사 못하거든요."

오 수사관님의 기를 팍팍 살려줄 참이다.

물론 마 수사관님도 그렇고.

그리고 내 행동에 조명득은 피식 웃고는 최 사무관을 봤다.

"고기 엄청나게 맛있는데 왜 손님이 없지?"

고기는 연하고 담백했다.

이런 고기는 서울에서도 먹기 힘들다. 그리고 이 가격으로는 더욱 힘들 것이다.

절대 파리를 날릴 수 없을 것 같은데, 이상하게 가게가 썰렁하다는 생각이 들었다.

"그러게요……. 엄청나게 유명한 맛집인데."

최 사무관도 볼이 터져라 고기를 먹으면서 고개를 갸우뚱거렸다.

"마 수사관님 와이프는 사모님이라고도 못 부르겠네요. 너무 어려 보이셔서요. 몇 살이세요?"

"예?"

내 물음에 마 수사관의 아내가 놀라 나를 봤다.

"너무 어려 보이셔서요."

"38인데요."

"리얼리?"

나는 과도한 리액션을 하며 놀란 표정을 지어보였다.

"호호호! 저 38살이세요."

"와~ 우리 마 수사관님, 피부 관리 좀 받으셔야겠네요. 이렇게 미녀랑 살면 나는 불안해서 칼퇴하겠네."

뭐 검찰 수사관으로 칼퇴라는 것은 있을 수도 없는 일이지만 말이다.

"그래도 요즘은 검사님 때문에 기념일에는 꼬박꼬박 집에 들어와서 좋아요. 호호호!"

맞다.

하늘이 두 쪽이 나도 기념일에는 무슨 일이 있어도 집에 보낸다.

그래야 구박을 안 받을 테니까.

"마 수사관님 없으면 수사가 안 되거든요. 제가 잘 보여야 합니다. 형수님이라고 부르기도 너무 젊어 보여서 뭐라고 불러야 할지 모르겠네요."

"호호호! 그냥 형수님이라고 부르세요."

마 수사관님의 와이프는 신이 난 것 같다. 그리고 바로 한우를 몇 점 싸서 마 수사관의 입에 넣어주었다.

"검사님 때문에……."

"검사는 무슨, 이런 사석에서는 그냥 형수님은 동철 씨라고 부르세요."

"동철 씨요?"

"예, 제가 마 수사관님을 형님처럼 모시고 있습니다."

"검… 검사님!"

그때 마 수사관의 목소리가 촉촉하게 젖어 나를 불렀다.

'당장 우실 것 같네.'

아마도 지은 죄가 떠오르는 모양이다.

"왜요? 하실 말씀 있으세요?"

"검사님 제가 정말 결초⋯⋯."

"결초는 하지 마시고 고추나 하나 주세요. 하하하! 드세요. 여기 고기, 죽이네."

"여보!"

그때 마 수사관의 아내가 마 수사관을 불렀다.

"왜?"

"검사님한테 아니, 우리 동철 씨한테 잘해."

"잘해야지. 암, 잘하고말고."

이런 회식은 없었을 것이다. 검사는 권위적이다. 아무리 개방적인 검사라고 해도 수사관의 가족들까지 챙기는 사람은 없다.

물론 영화에서는 가끔 그런 장면이 나오기는 하지만 현실에서는 절대 없다.

나 같은 꼴통이 또 없기에 없다.

스르륵!

그때 회식장 문이 열렸다.

우리가 들어설 때 쓸쓸한 미소를 보였던 주인이 넓은 접시에 시키지도 않은 고기를 가지고 들어왔다.

"이것 좀 드세요."

"아, 사장님! 고기 엄청나게 맛있네요. 어떻게 이렇게 맛있는 한우를 이 가격에 팔 수가 있습니까?"

사실 내가 먹어 본 고기 중에 최고로 맛있는 고기였다.

"고맙습니다. 직접 키운 소거든요."

"직접 키우신다고요?"

"예, 저희 아버지께서 대관령에서 방목해서 사료를 안 먹이고 풀만 먹여서 키운 한우입니다."

대답을 하면서도 주인은 씁쓸한 표정을 일관했다.

"그런데 왜 이렇게 손님이 없어요?"

최 사무관은 그게 궁금한 모양이다.

"그러게요. 드세요, 이게 한우 특수 부위라 다른 가게에서는 사 먹으려고 해도 못 사먹습니다."

"정말요?"

"예, 내일 폐업이라서 마지막으로 찾아주신 손님께 드리는 겁니다."

"네? 내일 폐업을 하신다고요?"

최 사무관이 놀라 되물었다.

"예, 원래는 오늘 폐업인데 하도 여기서 드시겠다고 해서……."

최 사무관이 떼를 쓴 모양이다. 그리고 나는 이 순간 뭐가 있다는 생각이 들었다

"혹시 무슨 일 있으세요?"

내 물음에 가게 주인이 나를 물끄러미 봤다.

"고기도 서비스로 주셨는데 앉아서 소주 한잔 드세요."

나는 바로 가게 주인의 손을 잡아끌었다.

"괜찮은데……."

"소주 한 잔만 하세요."

"검사님! 이렇게 맛있는 식당이 폐업하면 우리는 어디서 이제 회식을 하나요?"

조명득이 너스레를 떨었다.

"그러게요."

확실히 뭔가 있는 것 같다.

내 촉이 그렇게 움직이고 있었다.

*　　　*　　　*

황수찬의 변호사 사무실.

"이, 이거 뭐야?"

어이가 없는 것은 황수찬도 미녀 BJ의 시청자였다.

그런데 개인 방송에서 황제노역에 관한 이야기가 나오자 기겁을 한 것이다.

그리고 담당 판사가 황수성의 사위라는 것까지 까발리자 뒷목을 잡을 뻔했다.

"…미치겠네."

그리고 바로 인터넷을 검색했다.

미녀 BJ의 개인 방송 시청자라면 벌써 인터넷이 미치는 영향력이 엄청나다는 것을 알고 있었다.

─향판이 문제네!

─사위가 판사고, 장인이 피고니 일당 3억을 때리는 거지.

─그 판사 이름이 뭐야?

─네티즌 수사대 발동! 조세호라는데?

─아무리 지역 사회라지만 개지랄을 떨고 자빠졌네.

─판사부터 수사해!

─노역 일당이 3억인데, 만약에 한국자동차 회장이 죄를 지으

제대로 된 꼴통 짓을 보여주마!　261

면 얼마나 노역 일당이 얼마나 나올까?

─검색 완료! 한국자동차 회장님 불법 증여로 12일간 구금됐고, 일당 3,000만 원!

─캬~ 생선 가게 사장이 한국자동차 회장님을 이겼네.

인터넷은 순식간에 난리가 났고, 놀랍게도 실시간 1위를 찍었다.

"…미치겠네."

황수찬 변호사는 바로 조세호 판사에게 전화를 걸었다.

"조카사위! 인터넷 봤어?"

─예?"

"지금 당장 인터넷 봐! 지금 자네 신상이 다 털렸어!"

─네? 왜요?

"어떤 씨발 년이 황제노역 사건을 다시 까발렸네. 자네가 형님 사위라는 거 알고 인터넷에 난리가 났어."

─정, 정말요?

"정말이라니까. 일이 꼬이네. 꼬여!"

─이제 저, 어떻게 합니까?

"내일 당장 판사직 사임해."

─내일 당장요?

"그래, 내일 당장!"

─알겠습니다. 처숙부님!

황수찬 변호사는 바로 응급조치에 들어갔다.

그리고 박동철이 원하는 것은 바로 이거였다.

그리고 인터넷은 더욱더 활활 분노에 불탈 것이 분명했다.

"…그건 그렇고 대영 케미컬은 사야지. 일이 왜 이렇게까지 된 거야."

황수찬 변호사는 인터넷이 무섭다는 것을 새삼 느꼈다. 사실 따지고 보면 황제노역이라고 처음 뜬 것도 인터넷이었고, 사건이 다시 수사에 착수가 된 것도 인터넷 때문이니까 무서울 법도 했다.

"…미치겠네. 이러다가 자금 추적 당하는 거 아닌지 몰라."

황수찬 변호사는 인상을 찡그렸다.

"하여튼 내일 대영 케미컬은 사야겠다. 쩝!"

*　　　　*　　　　*

회식장.

"캬!"

소주를 마시고 내는 소리에 인생이 담겼다는 말이 있다.

한 잔 소주에서 뿜어지는 '캬' 소리가 그 자체의 인생일 수 있으니까.

한우 전문점 주인이 내는 '캬' 소리는 꽤나 서글펐다.

"무슨 일 있으세요?"

"…억울해서요. 한 잔 더 주시겠습니까?"

한우 전문점 주인이 내게 소주잔을 내밀었고, 나는 바로 소주를 따라줬다.

"캬!"

바로 한우 전문점 주인이 소주를 들이켰다.

"저한테 말씀을 해보세요. 이것도 인연인데."

"실수랍니다."

"예?"

"한 두어 달 전에 저희 가게에서 한우를 드시고 식중독이 걸렸다는 손님이 시청 위생과에 신고를 했거든요."

"그래서요?"

"저희는 절대 상한 고기는 안 쓰거든요. 저희는 사실 다 크지도 않은 한우를 도축해서 쓰거든요. 아무리 기술이 좋아도 어린 소한테는 못 이기거든요. 그래서 저희는 1년 된 소를 도축하죠. 그래서 육질이 아주 연해요. 파인애플이나, 키위, 이런 걸로 육질을 연하게 만들지 않아도 쫄깃쫄깃하죠."

하소연이 이어졌다.

"아, 그럼 재료비가 많이 드시겠네요."

"그렇죠. 한우 팔아서는 얼마 안 남아요. 박리다매로 파니까 남는 거죠. 그런데 식중독이라고 신고가 접수가 됐고, 시청 위생과에서 조사가 나왔습니다."

아마 민원이 들어왔으니 조사를 한 것 같다.

"그런데 검사를 하고 식중독 균이 규정 이상으로 검출이 되었다고 해서 1개월 정지를 먹었습니다."

그럴 수도 있을 것 같다.

아무리 청결한 식당도 잠깐 방심을 하면 식중독균이 퍼지니까.

"사실 억울하기도 해서 미리 따로 검사를 했거든요. 그런데 시청 위생과 직원과 검사 결과가 다른 거예요. 똑같은 것을 검사를 하고 측정을 했는데, 결과가 다르게 나오니까 시청 위생과에 미리 검사한 서류를 가지고 따졌죠."

"그런데요?"

"…실수랍니다."

나도 한우 전문점 주인의 이야기를 들으니 어이가 없었다.

"영업 정지 1개월은 곧바로 풀렸죠. 그런데 소문이 쫙 나게 되었고, 손님들의 발길이 뚝 끊어진 겁니다. 아시다시피 먹는장사는 입소문이 무섭거든요."

확실히 뭔가 있다는 생각이 들었다.

"그래서 시청 위생과 직원은 뭐라는데요?"

"실수랍니다. 그냥 실수니까 영업 정지 풀어준답니다. 하지만 이미 소문은 다 났고, 서울에 2호점을 내느라 돈이 다 들어가서 버티려고 해도 버틸 수가 없네요. 그래서 내일 폐업을 합니다."

내가 하소연을 하고 한우 전문점 주인이 다시 소주잔을 내밀었다.

"여기요."

"정말 억울합니다. 실수라고 하니 할 말도 없고 나는 그 실수에 이렇게 가게가 망하고, 손님이 없으니 종업원도 나가고 망했습니다. 망했어요."

순간 나는 반대편 가게와 연관이 있을지도 모른다는 생각이 들었다.

'공무원이 돈을 받아 처먹었을지도.'

안 봐도 비디오다. 그렇지 않고서는 있을 수 없는 일이다.

아무리 공무원들이 대충 일을 한다고 해도 식중독 검사 서류가 바뀔 정도로 맹탕으로 일하지는 않으니까.

"사장님!"

"예."

"이제 어떻게 하실 겁니까?"

내 물음에 뭘 어떻게 하냐는 눈빛으로 한우 전문점 주인이
나를 봤다.

"…폐업해야죠. 오늘 그러고 보니 눈물의 땡처리네요."

"제가 보기에는 뭐가 있는 것 같네요."

내 말에 한우 전문점 주인이 나를 빤히 봤다.

"사실 이건 말 안 하려고 했는데……."

"말씀을 해보세요."

"도로 반대편에 한우 전문점 보셨죠?"

"예, 엄청 장사가 잘되던데요."

"저희가 파리 날리기 전까지는 그쪽이 파리를 날렸죠."

한우 전문점 주인이 씁쓸한 표정을 지어보였다.

"그런데요?"

"그 가게 사위가 시청 복지과에 다닙니다."

직접적인 연관성은 없지만 충분히 연결 고리를 찾으려면 찾을
수 있을 것 같다.

"의심스러운 거죠?"

"그렇죠. 제 입장에서는 의심을 안 할 수가 없죠."

"그럼……."

"예?"

"고소하세요."

"예? 이런 일로 고소가 됩니까?"

"개나 소나 다 고소를 하잖아요. 해보세요."

고소가 들어오면 수사를 하면 된다.

그리고 고소라는 것이 꼭 경찰에 할 필요가 없다.

"그 대신에 군산지검으로 고소를 하세요. 그 공무원을 무고로 고소하세요."

물론 무고죄가 성립이 될지는 모르겠지만, 우선 고소를 하고 나면 수사에 착수를 해야 한다.

"고소가 될까요?"

"일단 고소부터 하세요."

한우 전문점 주인이 황당한 눈으로 나를 봤다.

어떤 면에서 이건 민사나 행정소송감이다.

하지만 자꾸 시청 공무원들이 돈을 받고 서류를 조작했다는 생각이 들었다.

'파 보면 알겠지. 죄 나오나 안 나오나.'

"그냥 막 고소하세요. 단 고소를 할 데는 가려서 해요."

조명득이 말했다.

*   *   *

황수찬 변호사는 날이 밝자마자 바로 특별 접견을 신청했다.

"죄송합니다. 특별 접견실 예약이 꽉 찼습니다."

구치소 교도관의 말에 황수찬 변호사는 황당한 표정이 됐다.

"뭐라고?"

제대로 된 꼴통 짓을 보여주마! 267

"이번 주 특별 접견실 예약이 꽉 찼습니다."

"누가 변호사를 대동하고 접견을 신청했는데?"

"그것까지는 말씀을 드릴 수는 없습니다."

"이런 젠장!"

"일반 면회실을 이용하시죠."

"으음……."

따르릉~ 따르릉~

그때 황수찬 변호사의 핸드폰이 울렸다.

"여보세요."

―접견 안 되셨죠?

"누굽니까?"

―벌써 제 목소리 잊으셨어요? 저, 박동철 검사입니다.

박동철이라는 말에 황수찬 변호사는 바로 인상을 찡그렸다.

"왜 전화한 겁니까?"

―이제부터 황수성 씨는 콩밥의 풍미를 제대로 느끼실 겁니다. 이번 주 특별 접견실 예약이 꽉 찼거든요.

"당신 짓이야?"

―제가 뭐요? 저도 알아보고 전화를 드리는 건데, 헛걸음 하실 것 같아서요. 형제분의 우애가 남다르셔서 감동 먹었거든요.

"네가 한 짓이지?"

―피의자들이 변호사를 부른 겁니다. 대한민국 검사가 그렇게 한가하지 않습니다. 그럼 아 참, 인터넷 난리가 났던데.

"뭐?"

―알아보니까 조세호 판사가 오늘 사직서를 냈더라고요. 발

빠르시네요. 어제 인터넷에서 난리가 나니까 바로 움직이시네요. 이제 어떻게 하실 거죠? 사위가 판사가 아니라서.

"너! 이러고도 무사할 줄 알아!"

―협박이십니까? 아니면 공갈이십니까? 저는 그냥 문안인사차 선배님에게 전화를 드린 겁니다.

"이 새끼가 정말!"

―녹취할까요? 더 욕하세요.

"너, 검사질 평생 할 수 있을 것 같아? 휴우……."

박동철에게 버럭 소리를 지르던 황수찬 변호사가 길게 한숨을 내쉬었다.

"박동철 검사!"

―하실 말씀 있으세요?

"군산에서 뿌리를 내릴 거 아니죠?"

―그렇죠. 검사야 발령이 나면 옮겨야 하니까요.

"좋게, 좋게 갑시다."

―이건 회유에 해당됩니다.

"회유라니요? 충고죠. 우리 집안 법조계에서 꽤 영향력 있습니다."

―이건 협박이고. 녹취할까요.

"이 사람이 정말!"

―저는 끝로 팔 겁니다. 참고로 금융감독원에 자금 추적 관련 영장 신청했습니다. 고맙죠? 이런 정보 알려드리니까.

"너, 이러다가 무사하지 못해!"

다시 황수찬 변호사가 핏대를 세웠다.

─끊습니다.

*　　　　　*　　　　　*

특별 접견실.

"누구세요?"

변호사라는 사람이 접견을 신청했다고 해서 영문도 모르고 단순 절도로 재판을 기다리고 있는 피의자가 접견실로 왔고, 처음 보는 변호사를 보고 물었다.

"시장하시죠?"

변호사는 다짜고짜 피의자에게 물었다.

"괜, 괜찮습니다."

"일단 이것부터 드세요."

변호사는 또 다짜고짜 사온 양념통닭을 펼쳤다.

"천천히 드세요. 접견 시간은 한 시간이거든요."

물론 다음 접견 시간에도 다른 변호사가 또 다른 피해자를 엉뚱하게 접견을 하기로 예약이 잡혀 있었다.

그리고 이런 접견은 일주일 내내 잡혀 있었고, 그 다음 주도 빠르게 접견 신청이 될 것 같았다.

접견 접수도 사람이 하는 일이고, 놀랍게도 청명회 간부가 접견 접수를 받는 구치소 직원에게 이런 일로 뇌물을 쓰고 있었다.

"내가 이런 곳에서 너를 만나야겠어?"

구치소 일반 면회실에서 황수성이 자신의 동생인 황수찬 변호사를 보자마자 버럭 소리를 질렀다. 일지를 작성하고 있는 교도관이 황수성을 힐끗 봤다.

"형님! 꼴통한테 단단히 걸린 것 같습니다."

"그 꼴통도 검사잖아! 어떻게 해봐. 살살 달래든지 아니면 인맥으로 찍어 누르든지."

"형님, 여기는 형님이 하시는 말씀이 기록됩니다."

황수찬 변호사의 말에 황수성이 인상을 찡그렸다.

"에이, 미치겠네."

"그리고 형님!"

"왜?"

"이번 사건 쉽지 않을 것 같습니다."

"왜 안 쉬워? 인터넷 때문에? 그거 금방 잠잠해졌잖아. 조센징은 냄비 근성이 있어서."

놀라운 것은 황수성의 입에서 조센징이라는 말이 나왔다. 물론 한국 사람들 중에 스스로 자신들을 비하해서 조센징이라고 말하는 사람도 있지만 무척이나 자연스럽게 그 말이 나왔다.

"형님!"

황수찬 변호사가 난감한 표정으로 교도관의 눈치를 봤다.

"…말이 그렇다는 거고."

"조카사위가 오늘 사직했습니다."

"왜? 내가 조 서방을 향판으로 만드느라 얼마나 돈을 썼는데 왜 그만둬?"

다시 한 번 황수성이 버럭 소리를 질렀다.

"조용히 하세요!"

교도관이 황수성에게 주의를 줬다.

"…인터넷에서 다시 난리가 났습니다."

"뭐?"

"조 서방 신상이 탈탈 털렸습니다."

"신상이 뭔데?"

"신상 명세가 다 까발려졌습니다."

"뭔 소리를 하는 거야? 도대체 알 수가 없네."

"일명 네티즌 수사대라는 것들이 있습니다. 하여튼 지금 인터 넷은 난리도 아닙니다."

"뭐?"

황수성은 황당한 표정을 지어보였다.

"그리고 이번 주에는 특별 접견실이 예약이 끝나서 여기서 뵈 어야 할 것 같습니다."

"그럼 내 밥은?"

"죄송하지만 당분간……."

"나보고 콩밥을 먹으라고?"

"…죄송합니다."

"정말 미치겠네."

"형님! 그러지 마시고."

"뭔 방법 있어?"

"구치소 가시면 그냥 쓰러지세요."

황수찬 변호사가 박동철의 꼴통 짓에 대한 반격을 시작했다.

"쓰러지면?"

"병원으로 가서야죠. 병보석도 있으니까."

"그럼 돈 못 까잖아."

"지금도 노역이 아니라서 벌금이 까지지 않고 있습니다."

"이런 젠장!"

"아시겠죠?"

"알았어. 이놈의 조센징들……."

"형님!"

황수찬 변호사의 말에 황수성이 말꼬리를 흐렸다.

"그리고 이번에 지검장으로 제 동기가 옵니다."

황수찬 변호사의 말에 황수성이 미소를 보였다.

"그거 듣던 중 반가운 소리네."

"부탁을 좀 하겠습니다."

"동생!"

"예, 형님!"

"내가 왜 이러는지 알지?"

"예, 압니다. 알고말고요."

"내가 살면 얼마나 더 살겠어. 지금까지는 뻐꾸기……."

"형님 나중에 이야기 하시죠."

"알았다."

*   *   *

군산지검 지검장 취임식.

취임식장에 대외 내빈이 모였고, 군산지검 검사들도 다 모였다.

바빠 죽겠는데 꼭 이런 취임식장에는 동원이 된다.

물론 지검의 최고 수장이 취임을 하는 일이니 빠지면 안 되지만 말이다.

"검사는 강직해야 합니다."

취임사를 하는 스타일이 참 남다르다는 생각이 들었다.

새로운 지검장은 한 소절을 말하고 쭉 둘러본다.

"검사는 청렴해야 합니다."

벌써 이렇게 10분이 넘어가고 있다.

"검사는 외압과 내압에 강건하고 소신 있게 수사를 해야 합니다. 저는 이 군산지검을 그런 곳으로 만들 생각입니다."

그렇게 10분 동안 이어진 취임사가 끝이 났고, 이제는 면알식이 있을 것이다.

"와~ 대통령 연설도 이것보다는 안 길겠습니다."

오 수사관님도 지겨우셨던 모양이다.

"그러게요."

"면알식은 검사님들만 참석하시는 거죠?"

"그렇죠. 아이고, 죽겠네요."

나는 수사관들을 보며 씩 웃어 보였다.

"고소장 접수가 됐습니다."

조명득이 나를 보며 말했다.

"잘됐네요. 이제 끝로 파 보자고요. 그 사건은 오 수사관님이 담당하세요."

"예, 검사님!"

"그리고 마 수사관님과 조 수사관님은 황수성 씨 사건 다각도로 조사를 하세요."

"검사님!"

최 사무관이 살짝 어두운 표정으로 나를 불렀다.

"…아까 말씀을 못 드렸는데."

"뭐죠?"

"계좌 추적 영장, 기각 됐습니다."

"…조세호 판사만 옷 벗는다고 될 일이 아니네요."

"어떻게 아셨어요? 오늘 조세호 담당 판사 법원에 사직서 제출하고 변호사 개업했어요."

이래서 안 되는 거다. 판사든 검사든 사회적으로 물의를 일으켜도 옷만 벗으면 바로 변호사를 개업할 수 있으니 말이다.

"인터넷 난리가 났더라고요."

"검사님! 면알식 가셔야 할 것 같습니다."

"조 수사관님!"

"예, 검사님!"

"지검장실까지 가시면서 제가 따로 지시할 일이 있습니다."

"예."

그렇게 나는 강당에서 나왔다. 그리고 지검장실로 조명득과 향했다.

"미녀 BJ가 그렇게 인기가 좋다며?"

"요즘 대세다."

"공개방송 한번 하자고 해라."

"공개방송?"

"그래. 공무원들 잡아들이는 것은 둘째치고, 쓰러진 가게를 다시 세워야지."

"왜 또 오지랖이 발동했는데?"

조명득이 황당한 표정을 지어보였다.

"얻어먹은 특수부위가 소화가 안 되네. 그것도 꼴에 뇌물이라고!"

"그게 뇌물이가?"

"먹으면 다 뇌물이지."

"어쩌려고?"

"음식점은 입소문이라잖아. 팬 미팅 한번 잡아라. 개인 방송 생중계로!"

"고기값은 누가 될 건데?"

따지고 보면 배보다 배꼽이 크다. 최소한 100명이 참석을 한다면 1,000만 원 이상 나올 거니까.

이제 내 자금에서 1,000만 원은 껌값이다.

"돈은 쓰려고 버는 거잖아."

"그러지 말고 자선사업을 해라. 망할 자슥아!"

"자선사업?"

"그래."

"그것도 좋네."

회귀하기 전의 내가 지은 죄를 속죄한다는 마음으로 자선사업을 하는 것도 나쁘지 않아 보였다. 힘든 사람을 위해서 행복한 호구가 되는 것이지만 말이다.

"할라고?"

"독거노인 좀 도울까?"

"니 돈이니까 니 마음대로 쓰세요."

"알았습니다. 조 수사관님! 하여튼 황수성 씨에 대해서는 다각도로 사돈에 팔촌까지 조상의 팔촌까지 한번 파 보자."

"와?"

내 요구에 조명득이 어이가 없다는 표정으로 나를 봤다.

"이상하게 파 보고 싶네."

"알았다. 하여튼 군산이 탈도 많고 일도 많다."

"그러게. 수고합시다. 저는 또 일장 연설 들으러 갑니다."

"히히히! 이번 지검장님은 꼰대 같다."

"맞다. 꼰대!"

꼰대 기질로 유명한 분이다. 그리고 검사의 품위에 대해 열변을 통하시는 분이라고 잘 알려져 있다.

전 지검장님과는 스타일이 확실히 다른 분이다. 한 마디로 극과 극이다.

제8장
엄청난 호객 행위

지검장실.

"박동철 검사!"

검사들이 모두 모였고 이런저런 일장 연설을 하다가 지검장이 나를 불렀다.

"예, 지검장님!"

"구치소 영치금도 개인 재산이라고 압수해서 국고에 환수시켰다고요?"

내가 했던 일이 이슈가 된 것도 사실이다.

그리고 나는 더욱 꼴통 검사 이미지가 굳어졌다.

"예, 지검장님! 하도 재산이 없다고 하셔서 있는 재산 압수해서 국고에 환수했습니다. 영치금이 자그마치 580만 원이나 되더라고요."

"그럴 수도 있는 일인데 검사로써 너무 튀는 행동은 자제하세요."

역시 꼰대 지검장이다.

"예, 알겠습니다. 지검장님!"

"여기 계신 모든 검사님들은 다 청렴하시고 강직하신 분들이시겠죠?"

청렴과 강직을 강조하는 사람들 중에 또 내심 청렴한 사람 없다는 생각이 문득 들었다.

사실 따지고 보면 진짜 청렴한 지검장은 전 지검장님이실 거다.

아들 영어 유치원 보내는 문제로 검사직을 사직하고 변호사를 개업할까 하고 엄청나게 고심하시는 분이시니까.

"예, 그렇습니다."

"돈 좋아하시는 분은 변호사 개업하세요. 검사가 바로 서지 않으면 대한민국이 바로 서지 않습니다."

"예, 지검장님!"

"저는 어떠한 외압에도 굴하지 않을 겁니다. 수신 있게 수사를 하세요."

따르릉~ 따르릉~

그때 지검장의 핸드폰이 울렸다.

하지만 지검장은 힐끗 전화기를 보고 인상을 찡그렸다.

따르릉~ 따르릉~

"지검장님! 핸드폰이 울립니다."

평검사 하나가 조심스럽게 말했다.

"나도 귀 있습니다. 저런 전화가 청탁이죠. 박동철 검사!"

"예, 지검장님!"

"황수찬 변호사 아시죠?"

"예, 지검장님! 말씀을 놓으십시오."

"우리가 직급 때문에 말 놓을 사이는 아니죠."

바로 면전에서 핀잔을 들었다.

"…죄송합니다."

"하던 이야기를 계속하자면 내가 황수찬 변호사랑 연수원 동기입니다. 내가 저 전화를 받아야 할까요, 말까요?"

"받으셔야죠. 동기분 전화인데."

"그럴까요?"

"예, 지검장님!"

내 말에 지검장님께서 바로 전화를 받았다.

"야! 너, 나한테 전화하지 마! 사건 담당 변호사가 사건 담당 지검 지검장한테 왜 전화질이야!"

지검장님께서는 다짜고짜 소리를 질렀다.

'또 다른 면이 있으시네.'

이런 대한민국 검찰이 있기에 아직도, 여전히 앞으로도 이 나라를 지킬 수 있을 것이다.

뚝!

그리고 바로 전화가 끊겼다.

"박동철 검사!"

"예, 지검장님!"

"나는 시끄러운 거 싫어합니다. 조용히, 조용히 그리고 철저하게 수사를 하세요. 누가 뭐라고 하면 신경 쓰지 말고요."

"예, 지검장님!"

"그리고 전 지검장하고 친합니다."

사라졌던 비빌 언덕이 다시 생기는 순간이라는 생각이 들었다.

그런데 나도 모르게 지검장님이 입고 계신 양복을 봤다.

'…청렴하신 분이네.'

옷깃이 다 닳아 있으니 말이다.

"가서 일 보세요."

"예, 지검장님"

*　　　　*　　　　*

검사실.

황수성에 대한 계좌 추적은 기각이 됐는데 공무원들의 계좌 추적은 통과했다.

중요한 것으로 따진다면 황수성 씨의 계좌 추적이 우선시 되어야 할 것인데 말이다.

"최 사무관!"

"예, 검사님!"

"황수성 씨 계좌 추적 영장 다시 신청하세요."

"예, 알겠습니다. 그리고 검사님!"

"예."

"황수성 피고인이 구치소에서 졸도를 해서 인근 병원으로 이

송되었답니다."

"뭐라고요?"

"알아 본 것으로는 영양실조랍니다."

"처먹은 도시락들이 얼마나 비싼 건데 영양실조라니요?"

어이가 없다.

이건 아마 황수찬 변호사가 수를 쓴 것 같다.

"그러게요. 콩 알레르기가 있나 보네요."

"경찰 지원 요청해서 병실 앞에 감시 붙이세요."

"그러실 것 같아서 미리 요청했습니다."

"센스쟁이~"

나는 최 사무관을 보며 하트를 날렸다.

아마 실연의 아픔을 잊기 위해 폭식과 일중독을 택한 모양이다. 하여튼 여자가 뭔가에 꽂히면 남자보다 무섭다.

"조 수사관님한테 사돈과 팔촌까지 알아보라고 했고……"

나는 황수성 씨의 자료를 살폈다.

"군산 토박이네."

군산에서 태어나 군산에서 자수성가를 한 인물이었다.

"…군산 황씨도 있나?"

신기하게도 그는 군산 황씨다.

"있겠죠?"

"그렇죠. 희귀 성씨는 많으니까요. 입원을 했다고 하니 병문안이라도 가서 염장을 질러야겠네요."

"호호호! 대단하세요."

"머리가 나빠서 부지런히 움직여야 합니다."

"그런데 검사님! 그 공무원들 계좌, 깨끗한데요?"

뭐 뒷돈 얼마 안 받고 한 일일 거다.

그러니 계좌 추적도 깔끔하게 끝이 났다. 시작하자마자 끝이 났다고 보면 되니까.

두 달 전 입금 내역만 살피면 되니까.

"그래요?"

사실 돈을 계좌로 받았을 거라는 생각을 안 했다.

"예, 그리고 공무원들은 이렇게 돈 안 받아요."

따지고 보면 최 사무관의 검찰 짬밥은 나보다 더 많다.

"그럼요?"

"옛날에는 백화점 상품권으로 받았는데, 요즘은 재래시장 상품권으로 많이 받는데요. 거긴 CCTV도 없어서요."

"오~ 그렇군요."

결국은 계좌 추적으로는 방법이 없다는 것이다.

'그럼 어떻게 증거를 잡지?'

내 촉은 서로 짜고 치는 고스톱이라고 말한다.

내 추측으로는 처음에는 두 가게가 비슷한 시점에 영업을 시작했을 것 같다. 그런데 한 곳이 너무 잘되니 다른 곳이 파리만 날리게 됐고, 그래서 수를 썼다는 것이 내 가정이다.

그런데 그걸 증명할 방법이 없다.

"방법이 없으시죠?"

최 사무관이 묘한 눈으로 나를 보며 말했다.

"그러네요."

"검사님 잘하시는 거 있잖아요."

"뭐요?"

"피의자들한테 사기 치시는 거."

최 사무관도 꼴통 검사 밑에 있으니 막 나가겠다는 거다.

"사기요?"

"진술서 두 장이면 되잖아요. 따로 조사를 하시면 되고."

결국 뻥을 한번 치라는 거다.

원래 검사가 하면 절대 안 되는 짓 중에 하나다.

하지만 법을 집행하기 위해서 또 심증은 있지만 물증이 없을 때 쓰는 방법이기도 했다.

물론 범죄와는 거리가 먼 사람들을 후려칠 때 사용하는 방법 이지만 말이다.

"생각해 보고요."

"하긴, 걸리시면 시말서죠."

어쩌면 시말서로 끝날 일이 아닐 수 있다.

'나중에 해보지 뭐.'

나는 그런 생각을 하며 최 사무관을 봤다.

"최 사무관님!"

"예, 검사님!"

"참고인 자격으로 두 공무원들 소환하세요."

"예."

최 사무관이 씩 웃었다.

*　　　　*　　　　*

병원 특실.

"병실 앞에 왜 경찰이 서 있는데?"

황수성은 어이가 없다는 표정으로 물었다.

"정말 그 검사, 꼴통이기는 합니다."

"또 박동철 검사 짓이냐?"

"예, 형님! 식사나 마저 드시죠."

―충성!

그때, 밖에서 경찰들의 경례 소리가 들렸다.

"꼴통 왔나 봅니다."

"…밥도 못 먹겠네."

"누우시죠."

"알았다. 내, 반드시 두고 본다. 망할 새끼!"

*   *   *

병원 특실에 문을 열고 들어서는 순간 황수성은 중환자 코스프레를 하고 누워 있었다.

"이 병원비는 누가 내셨죠?"

"내가 냈습니다."

"역시 형제애가 남다르시다니네요."

"이 사람이 정말!"

"그만해."

"예, 형님!"

"검사 양반!"

그때 황수성이 나를 불렀다.

"예, 말씀을 하십시오. 피의자님!"

피의자라는 말에 황수성은 인상을 찡그렸다.

"황 변!"

황수성이 자신의 동생인 황수찬 변호사를 황 변이라고 불렀고 나는 그 순간 똥이 떠올랐다. 누런 똥 말이다.

"예."

"검사님이랑 이야기 좀 하겠네."

마침 잘된 것 같다.

사실 피의자 조사도 제대로 못했는데 말이다.

"예, 형님! 그런데 형님이 하시는 말씀은 재판에 영향을 미칠 수 있습니다."

"알았어."

"그럼 나가 보겠습니다."

그렇게 황 변이 나갔다.

"검사 양반!"

중환자 코스프레를 하던 황수성이 자리에서 일어나 나를 째려봤다.

"말씀하세요."

"나한테 왜 이럽니까?"

"예?"

"나, 돈 없어요. 정말 없다고요."

표면적으로는 확실하게 없다는 것을 나도 안다.

"숨겨두셨겠죠. 그거 찾을 겁니다."

"찾으면?"

"벌금만큼 환수할 겁니다."

"참 의지의 한국인이시네."

"칭찬으로 듣겠습니다. 그런데 황수성 씨! 저도 궁금한 것이 있습니다."

"뭡니까?"

"제가 알기로는 3년 전까지만 해도 2,000억대 재산가신 걸로 아는데 그 돈 어디다 꼬불치셨습니까?"

부자가 망해도 3년은 먹고 산다는 말이 있다.

그런데 황수성은 표면적으로 보면 딱 3년 만에 알거지가 됐다.

그리고 사문서 조작 및 주가조작 혐의로 벌금 360억이 부과가 됐다. 그리고 그와 동시에 2,000억도 사라졌다.

"찾아봐요."

"찾아야죠. 꼭 찾을 겁니다."

"검사 양반!"

"예, 황수성 씨!"

"나한테도 다 사정이 있답니다."

"그 사정이 궁금하네요."

"하여튼 이제는 꼴통 짓 좀 하지 마세요."

"그냥 벌금 내시고 편안하게 즐기면서 사십시오."

"돈이 없습니다."

물론 벌금을 낼 마음이 있었다면 벌써 냈을 것이다.

하지만 이 순간 자꾸 황수성이 말한 자신에게도 사정이 있다는 말이 마음에 걸렸다.

물론 사정이 없는 사람은 없겠지만 말이다.

"하여튼 10원 한 푼이라도 나오면 압류를 할 겁니다."

"그러시던가."

하여튼 소득 없이 돌아서야 했다.

하지만 아예 소득이 없는 것도 아니었다.

이제부터는 황수성의 그 사정이라는 것을 찾아볼 참이다.

"그러고 보니 군산 황씨는 희귀 성씨죠?"

내 물음에 황수성의 눈동자가 살짝 떨렸다. 정말 나는 궁금해서 물은 건데 의외의 반응이었다.

"왜요?"

"처음 듣는 것 같아서요."

"궁금한 것이 많으셔서 먹고 싶은 것도 많으시겠네요."

황수성은 그렇게 말하고 내게 가운뎃손가락을 펴서 보였다.

거의 70대 노인이 저러는 것을 보면 대단하다는 생각이 들었다.

"칭찬으로 보겠습니다."

"나가세요."

         *   *   *

개인 방송 화면.

"대영 케미컬로 재미 좀 보셨나요? 재미 못 보셨죠? 상한가 한 번에 박스권이죠? 어제 올라간 상한가 오늘 거의 반은 내려갔죠?"

—예, 그릇 작은 놈들 먹고 나간 거죠.

—그래도 오늘까지 이틀 동안 8퍼센트면 대박은 아니라도 중박이지.

—그래도 미녀님 때문에 요즘 주식할 맛나네요.

"저 맛있는 거 먹고 싶은데."

—이걸로 드세요.

우수리 님이 별풍선 1,000개를 선물하셨습니다.

별풍선 1,000개면 10만 원이고, 플랫폼이 30퍼센트를 먹으니 BJ에게는 7만 원이 세금 공제하고 돌아간다.

—나도!

박스탈출 님이 별풍선 1,000개를 선물하셨습니다.

우수리 님이 별풍선 1,000개를 선물하셨습니다.

박스탈출 님이 별풍선 1,000개를 선물하셨습니다.

어느 순간 경쟁이 붙었는지 박스탈출이라는 닉네임과 우수리라는 닉네임을 쓰는 시청자가 경쟁적으로 별풍선을 쐈다.

"고마워요."

원래 별풍선을 쏘면서 어깨에 힘이 들어가는 사람들이 있다.

그래서 미녀 BJ에게 경쟁적으로 별풍선을 쏘는 사람들이 있고, 또 남자 인기 BJ에게 미친 듯이 별풍선을 쏘는 여자들이 있다.

박스탈출 님이 별풍선 1,000개를 선물하셨습니다.
박스탈출 님이 별풍선 1,000개를 선물하셨습니다.
박스탈출 님이 별풍선 1,000개를 선물하셨습니다.
박스탈출 님이 별풍선 1,000개를 선물하셨습니다.

순간 기선을 잡기 위해서 박스탈출이 연속으로 별풍선 4,000개를 쐈고, 우수리는 조용해졌다.

"박스탈출님 승! 호호호! 감사합니다. 그리고 오늘은 내일 공개방송 광고를 해야겠어요. 오늘은 추천 종목이 없고요. 내일 대박 폭등 종목을 알려드릴게요."

─오늘 알려주삼!

─오늘 알려주세요.

"이건 정말 나눠서 먹을 종목이 아니거든요. 그래서 내일은 비공개로 공개방송을 하려고요."

3연상을 친 종목도 바로 방송으로 공개를 하는 미녀BJ였는데 공개할 수 없다고 하니 시청자들은 마음이 급해졌다.

─뭔데요?

─미치겠네.

─비공개 공개방송 어디서 합니까?

"군산에서 할 생각이에요."

─군산?

─거기가 어딘데?

순간 시청자들이 조용해졌다.

일제히 군산에 대해서 검색을 시작한 것이다.

"내일 군산시에 있는 한우 전문점인 황소고집이라는 곳에서 비공개로 공개방송할 거고요, 오시는 분에 한해서 대박 폭등주 알려 드릴게요. 참고로 식대는 자비 부담이네요. 호호호!"

그리고 바로 댄스곡이 흘렀다. 정말 오늘은 추천 종목 없이 바로 댄스타임으로 넘어가는 것이다.

―정말 추천 종목 없어요?

―리얼리?

―이런, 입소문 듣고 왔는데…….

―군산시에 있는 황소고집이라고 했죠?

채팅창이 다시 난리가 났고 미녀 BJ는 화려한 섹시 댄스를 추기 시작했다.

아마 내일이면 군산에 있는 황소고집이라는 한우 전문점이 인산인해가 될 것 같다.

―군산은 일제 침탈기에 엄청나게 쌀을 수탈해 간 곳이네.

꼭 이렇게 인터넷에서 아는 척을 하는 인간들이 있다.

하지만 그에 대해서 채팅을 하는 시청자는 없었다.

꽤 많은 사람들이 벌써 방송에서 나갔으니까. 그리고 아마 그 사람들은 집에서도 나갔을 것 같다.

황소고집이라는 한우 전문점이 아무리 규모가 크다고 해도 돈독이 오른 사람들이 모여드는 인원을 다 채울 수는 없다고 생각을 한 사람들이 꽤나 있었다.

*   *   *

황수성을 만나고 나는 바로 최 사무관에게 전화를 걸었다.

―예, 검사님!

"공무원 두 명, 참고인으로 아직 소환 안 했죠?"

―이제 막 하려고요. 우리 검사님은 성질도 급하세요. 딱 1시간 지났거든요.

"잠시 멈추세요."

―예?

"이왕 후려치려면 제대로 후려쳐야죠."

―예?

후려쳐 보라고 한 것은 최 사무관인데 자꾸 예라고 대답했다.

"제가 알아서 할게요."

―예.

나는 우선 두 공무원에 대한 참고인 조사를 미뤘다.

"한번 제대로 후려쳐 보자. 설날도 다가오니까."

그러고 보니 며칠 후면 설날이다.

"설날 떡값으로 딱 좋지."

나는 바로 시장 상품권을 구입하기 위해 수협으로 향했다.

"재래시장 상품권 삼백만 원어치만 주세요."

"예."

나는 그렇게 재래시장 상품권 삼백만 원어치를 구입해 황색 봉투에 둘로 나눠서 담았다.

"하나는 마누라한테, 하나는 직접 주는 거지."

어떻게 나오는지 궁금했다. 물론 내가 직접 줄 수는 없다.

그러니 사람을 시켜야 했고, 이럴 때는 넉살이 좋은 조명득이 최고라는 생각이 들었다.

"명득아!"

—와?

"여기 군산 보배 아파트거든."

—그런데?

"여기로 와라."

—시킨 것은?

"하고 하면 되지."

—쩝! 알았다.

내 전화에 조명득이 바로 달려왔다.

"303호가 뇌물을 받았을 것 같은 공무원 집이라고?"

조명득은 황당한 표정을 지어보였다.

"뭐 꼬투리라도 있어야지."

"그래서?"

"슬쩍 주면서 최 주사가 보냈다고 해."

"떠 본다?"

"부부끼리는 비밀이 없잖아."

"알았다."

그러고는 조명득이 100만 원 상당의 상품권이 든 봉투를 들고 303호로 향했다.

"걸리면 좋고, 안 걸리면 후려치고."

나는 조명득을 보며 중얼거렸다.

       *   *   *

딩동~ 딩동~

조명득이 벨을 누르자 안에서 여자의 목소리가 들렸다.

―누구세요?

"택배입니다."

―택배 시킨 거 없는데요.

요즘 택배를 가장한 강도사건이 발생해서 그런지 택배라고 해도 문을 잘 열어주지 않았다.

"최 주사님이 보내셨습니다."

조명득은 혹시나 하는 마음에 조용히 말했고, 뇌물을 받았을 거라고 추측이 되는 공무원 아내의 반응을 살폈다.

그리고 증거로는 채택이 될 수는 없지만 충분히 압박용으로 쓸 수 있을 핸드폰 녹음을 시작했다.

'CCTV도 있네.'

보배 아파트는 군산에도 알아주는 좋은 아파트다.

그래서 복도에 CCTV가 설치되어 있었고, 그것을 확인한 조명득이었다.

―최 주사님께서요?

"예."

철컥!

안에서 잠금장치가 열렸다.

그리고 빠끔히 공무원의 아내가 문을 열었다.

"무슨 일이세요."

"안녕하세요. 최 주사님께서 보냈습니다."

"아~ 그러세요."

바로 경계심을 풀었다. 잘 알고 지낸다는 의미처럼 느껴지는 조명득이었다.

"이거, 전해 드리랍니다."

조명득은 주위를 살피는 척을 하면서 CCTV로 찍을 수 있는 각도로 공무원 아내에게 봉투를 내밀었다.

"예?"

"설날이기도 하고 저번에 도움을 주신 것도 있고 해서 인사차 드리는 거라고 하시면 아실다고 하십니다."

조명득의 말에 아내는 기억을 더듬었다가 뭔가가 떠오르는지 미소를 보였다.

"저번에 주신 것도 아직 남았는데."

아내의 말에 딱 걸렸다는 생각이 들었다.

"확인해 보세요."

"확인할 것 있겠어요? 장인어른 가게는 잘되시죠?"

아내도 아는 것이다. 그리고 조명득은 딱 걸렸다는 생각이 들었다.

"잘 모르겠습니다. 심부름을 하는 입장이라서."

"잘 되셔야죠. 저희 남편이 최 주사님 생각해서 엄청 신경을 썼다고 하더라고요."

짜고 치는 고스톱이 들어나는 순간이다.

"아 예, 그럼 저는 이만 가보겠습니다."

"그런데 누구세요?"

"최 주사님 학교 후배입니다."

"아~ 잘생기셨다. 호호호!"

"그런 소리 많이 듣습니다. 하하하!"

*   *   *

"딱 걸렸다."

아파트 놀이터에서 기다리고 있는 나를 보고 조명득이 희희낙락한 표정으로 핸드폰을 흔들며 내게 말했다.

"걸렸어?"

"자기 남편이 최 주사 장인 가게에 신경을 많이 썼다고 하네."

"됐네. 그럼 확인 사살 들어가자."

"또?"

"박 주임한테 가야지."

"군청이라서 거의 같이 있을 건데?"

"상관있겠나?"

"알았다. 내가 우리 미선이 때문에 연기가 는다."

가끔 비밀 데이트를 할 때 그래도 연예인이라서 밀폐된 공간에서 데이트를 할 수밖에 없고, 그러니 불타는 밤을 보내고 나면 할 것이 없어진다.

그럼 당연히 드라마나 영화 리딩 연습을 도와야 한다.

내가 우리 은희의 최신곡과 댄스를 보며 감상평을 해야 하는 것처럼 말이다.

"가자!"

덫은 몇 개를 파도 나쁠 것이 없으니까.

따르릉~ 따르릉~

나는 바로 최 사무관에게 전화를 걸었다.

—오늘 자주 전화하시네요.

"최 사무관님!"

—예, 검사님!

"딱 한 시간 후에 참고인 자격으로 임의동행 요청하세요."

—전화로 하면 안 되겠죠?

그래도 검찰청 짬밥이 있다고 대충 최 사무관은 감을 잡은 것 같다.

"그렇죠."

—알겠습니다. 새로 오신 현 수사관님 보내면 되겠네요.

"수사관님이 더 배정이 됐습니까?"

—예,

"그렇게 하세요."

수사관이 확충이 됐다.

얼마 전부터 수사관이 확충될 거라는 이야기가 나왔는데, 이제야 확충이 된 것이다.

*　　　　　*　　　　　*

군청 위생과.

"박 주임님! 밖에 손님 오셨습니다."

살짝 머리가 빠진 듯 듬성듬성한 머리의 위생과 박 주임에게 여직원이 말했다.

"밖에?"

"예."

"왜 안으로 안 모시고?"

"밖에서 뵙자고 하시네요."

"누군데?"

"잘 모르겠어요. 저번 일 때문에 뵙자고 하시네요."

"저번 일?"

"예, 그렇게만 전해 달라면 아신 다네요."

박동철과 조명득의 예상으로는 지금쯤 박 주임의 아내가 전화를 했을 거라고 판단했고, 그래서 저렇게만 말하면 될 거라고 생각했다.

따르릉~ 따르릉~

그때 박 주임의 핸드폰이 울렸다.

"마누라가 이 시간에 뭔 일이래? 여보세요."

―여보~

"왜? 무슨 일 있어?"

―일은 무슨, 최 주사님이 상품권을 또 보내셨네.

"뭐?"

―설날이라고 보내셨다네.

아내의 전화에 박 주임은 밖에서 기다리고 있을 거라는 남자가 혹시 최 주사가 보낸 사람일지도 모른다는 생각이 들었다.

"알았고 어디 소문내지 말고 알지?"

아내한테 말하며 인상을 찡그리는 박 주임이었다.

―그러어엄~ 얻어먹는 고기가 얼마인데.

"또 그 소리다."

―오늘 우리, 한우 먹을까?

"자꾸 그러면 안 돼. 보는 눈도 있는데."

―어때서? 자주 오라시잖아.

"알았어. 바빠 끊어."

박 주임은 그렇게 전화를 끊고 조명득이 기다리고 있는 군청 야외 흡연실로 향했다.

* * *

"누구시죠?"

박 주임은 어두운 표정으로 조명득에게 누구냐고 물었다.

"안녕하십니까?"

조명득은 양복을 잘 차려 입고 있었다. 그리고 박 주임을 보고 꾸벅 인사를 했다.

"누구?"

"최 주사님께서……,"

인사는 큰 목소리로 한 조명득이지만 최 주사라는 말은 박 주임만 들을 수 있게 말하고 주변을 살피는 시늉을 했다.

"와이프한테 선물 보내신 분이신가요?"

역시 나와 조명득의 판단이 옳았다. 여자는 이래서 입이 싸고 또 꽤 많은 고위직 공무원들이 마누라 때문에 수십 년 공직 생활에 오점을 찍는다.

"예."

"저번에도 그러시더니 이번에도 그러시네……."

박 주임은 살짝 난처한 표정을 지어보였다. 그리고 조명득은 이 순간 그런 박 주임이 처음부터 의도적으로 대놓고 황소고집을 망하게 하려는 의도는 없었다는 생각이 들었다.

마누라가 뇌물 아닌 뇌물을 받아먹었기에 어쩔 수 없이 최 주사의 농간에 빠져 이런 결과를 만들었다는 생각이 문득 들었다.

이래서 뇌물을 한 번 받으면 어떻게든 그만큼의 값을 해야 한다는 말이 있는 것이다.

물론 그렇다고 해도 죄는 죄다.

"이거 드리시랍니다."

"이런 거 필요 없는데……."

박 주임이 난처한 표정을 지어보였다. 그리고 혹시나 누가 볼까 두려운 듯 주변을 두리번거렸다.

"저는 심부름만……."

"됐습니다. 저번 일로 끝난 겁니다."

박 주임이 조명득이 내민 봉투를 뿌리치고 돌아섰다.

"그럼 저는 입장이 곤란해집니다."

"제 입장도 곤란합니다. 저번에는 어쩔 수 없이 협박 때문에 그렇게 된 거고, 저, 고창으로 발령 신청했다고 전해 주십시오. 어쩔 수 없이 한 일이지만 부끄럽다고 전해 주세요. 마음 같아서는 사직서를 내고 싶지만 목구멍이 포도청이라서… 됐습니다."

매섭게 말하는 박 주임이었다.

"…예."

조명득은 마지못해 돌아서는 표정을 지었고 그때 한 대의 자동차가 군청으로 들어서서 섰다.

"…왔네."

나는 군청 흡연실이 보이는 반대편 주차장에서 군청으로 들어서는 검찰차량을 봤다. 그때 조명득이 다가와 차에 탔다.

"줬어?"

"싫다네."

"뭐?"

"협박을 당한 것 같다."

"협박?"

"그런 거 있잖아. 뇌물 주고 그 뇌물로 협박해서 부탁하는 형식으로 일을 처리하는 거."

결국 마누라가 문제인 것이다.

"그래?"

"마누라가 문제다. 고창으로 발령 신청도 했다네."

"알았다."

*   *   *

흡연실 앞.

"박현석 씨죠?"

"…예."

검찰차량에서 내린 현 수사관이 박 주임을 보며 사무적인 어투로 물었다.

"당신을 뇌물 수수 혐의로 체포합니다. 현재는 참고인 신분이
지만, 당신은 변호사를 선임할 수 있고 묵비권을 행사할 수 있습
니다."

꽤나 쩌렁쩌렁한 목소리로 말하는 현 수사관이었다.

"…쟤, 완전 초짜네."

조명득은 바로 어이가 없다는 표정으로 현 수사관을 보며 말
했다.

"그러니까."

나는 현 수사관을 봤다. 꽤나 의욕이 넘치는 눈빛이다.

"예?"

"가시죠."

"저는……."

박 주임이 뭔가 말을 하려다가 말꼬리를 흐렸다.

아니, 자신이 어떤 죄를 지었는지 알고 있다는 표정처럼 느껴
졌다.

"타시죠."

"…예."

그렇게 군청 위생과 박현석 주임과 최인태 주사가 우선은 참
고인 신분으로 검찰청에 소환이 됐다.

그리고 각각 다른 조사실에 격리가 됐다.

끼이익!

검찰 조사실 문을 열고 내가 들어서자 박현석은 세상 다 산
사람처럼 나를 물끄러미 봤다.

"안녕 못하시죠? 저는 박동철 검사입니다."

*　　　　*　　　　*

한우 전문점 황소고집이 보이는 반대편 고기 집.

"저거, 뭐데?"

파리만 날리던 황소고집 가게가 인산인해를 이루고 줄까지 서면서 어떻게든 실내로 들어가려는 사람들로 몸싸움까지 일어나자 반대편 고기 집 사장은 넋이 나갔다.

"사장님! 저기 완전 난리가 났네요."

"나도 보는 눈 있다고!"

반대편 고기 집 사장은 넋이 나갔다가 정신을 차리고 버럭 소리를 질렀다.

"예전보다 장사가 더 잘되네?"

"그래봐야 식중독 난 가게야!"

"그건 공무원의 실수라잖아요."

"아니 뗀 굴뚝에 연기 안 나! 그리고 너는 누구 가게 종업원이야? 우리 손님 안 들어오는 거 안 보여?"

물론 이 가게에도 손님은 꽤 많았다. 하지만 대조적으로 황소고집 가게가 더 많은 손님이 모여들고 있었고, 그게 배가 아픈 사장이었다.

딱 봐도 놀부 심보였는데, 실제로도 그는 놀부처럼 생겼다.

"조순호 씨죠?"

그때 조명득이 가게 사장 앞에 서서 사장에게 말을 걸었다.

"그런데요? 야, 오 군아! 손님 오셨다. 손님 받아라."

가게 사장은 조명득을 손님이라고 생각했는지 소리를 질렀다.

"예, 사장님!"

오 군이라는 청년이 달려 나왔다.

"저, 손님 아닙니다."

"예?"

"조순호 씨, 당신을 뇌물 공여 및 공문서 위조 사주 혐의로 긴급체포 합니다. 당신은 묵비권을 행사할 수 있고 변호사를 선임할 수 있습니다."

"뭐… 뭐라고요?"

조순호가 넋이 나가 조명득을 멍하니 봤다.

"잠깐만요!"

그때 오 군이라는 청년이 조명득의 앞을 막아섰다.

"왜 그러시죠?"

"체포 영장 있으세요?"

식당에서 일하는 청년의 말에 조명득은 황당한 눈빛을 보였다.

"체포 영장 있으시냐고요?"

청년의 말에 조순호 사장은 오 군을 보며 오 군의 뒤에 슬쩍 숨었다.

"대한민국 검찰이 그런 거 안 가지고 왔겠습니까? 여기 있습니다."

"…진짜 있네요."

오 군이 바로 뒤로 물러났다.

"사법시험 준비하세요?"

조명득이 뜬금없이 오 군에게 물었다.

"예."

"열심히 하셔서 좋은 검사 되십시오."

조명득은 그렇게 말하고 조순호 사장에 팔에 수갑을 채웠다.

"이제부터 조순호 씨가 하시는 모든 말은 법정에서 불리한 증언으로 채택될 수도 있습니다."

"오, 오 군아… 나 어떻게 해야 하나?"

"아무 소리도 하지 마시고요. 변호사 선임하세요. 최 주사님께서는 제가 전화하겠습니다."

"알, 알았다."

"최 주사라고 불리시는 분도 지금 긴급체포 됐습니다."

"내가 뭘 그렇게 잘못을 했다고……."

"가시면 아시죠."

*   *   *

황소고집 앞.

조순호가 본 것처럼 황소고집 앞 주차장에서는 난리가 났고, 황소고집 사장은 믿어지지 않는다는 눈빛으로 넋이 나갔다.

"사장님, 이제 어떻게 해요? 저쪽에서 들어오겠다고 싸우고 난리도 아니에요!"

"뭐?"

"자리가 꽉 찼어요! 저한테 급행료를 줄 테니까 자리 만들어

달라고 난리예요!"

"뭐? 급, 급행료?"

"예!"

"우선 임시 천막이라도 쳐라! 손님을 그냥 보낼 수는 없잖아."

"예, 사장님!"

"이게… 정말 뭔 일이래?"

황소고집 사장은 넋이 나간 상태에서 어제 자신을 따로 찾아왔던 박동철의 얼굴을 떠올렸다.

황소고집 주차장

"예?"

"폐업, 며칠 뒤에 하시라고요."

"왜요?"

"고기가 너무 맛있잖아요."

"하지만 손님도 없고."

"이렇게 훌륭한 고기를 못 먹으면 불행하잖아요. 임시 종업원도 더 늘리시고요."

"그래도 하루 늦게 폐업을 하면 그만큼 손해라……."

"여기다 인생 다 거셨죠?"

아버지가 직접 소를 키운다고 했다.

그리고 딱 송아지 티를 벗은 어린 소를 잡아서 육질의 품격을 높였다고 했다.

그리고 마지막으로 먹어 본 사람은 안다.

이 소고기가 얼마나 엄청난 풍미를 만들어내는지.

"…그렇기는 하죠."

"걸었던 인생, 며칠 뒤에 포기하셔도 늦지 않잖아요."

"그런데 저한테 왜 이러세요? 잘될 거라고 희망을 주시는 것은 고맙지만……."

"안 되는 건 안 되는 겁니다. 그리고!"

"예?"

"되는 것은 어떤 못된 짓을 해도 됩니다. 며칠만 폐업 늦추세요."

박동철의 말에 황소고집 사장이 지그시 입술을 깨물었다. 그리고 황소고집을 시작했을 때를 떠올렸고 그 시간들이 주마등처럼 흘러갔다.

"…예, 며칠 더 해보겠습니다."

"저도 예약입니다."

"예, 검사님! 이것저것 고맙습니다."

"되실 분은 됩니다."

그렇게 황소고집의 사장은 박동철의 이야기를 떠올리며 회상에서 깨어났다.

끼이익!

그때 고급 승용차 한 대가 섰다. 아니, 이곳에 온 자동차들은 거의 다 고급 승용차를 타고 왔다.

"흠… 여기가 황소고집이네."

미녀 BJ가 그 고급 승용차에서 내리며 혼잣말을 했다.

황소고집 사장도 남자라 섹시 의상을 입은 미녀 BJ를 보고 넋이 나갔다.

"여기 고기가 엄청 맛있다면서요?"

"예? 예."

"가게 잘되시면 저 때문인 줄 아세요. 호호호!"

그때 음식점 안으로 들어가려고 했던 사람들이 미녀 BJ를 보고 싸움을 멈췄다.

"저 때문에 싸우지 마세요. 여기 고기 엄청 맛있데요. 식사부터 하시고 시작하시자고요. 호호호! 오늘은 정말 연속 상한가를 칠 폭등주를 가지고 왔거든요."

미녀 BJ의 말에 금강산도 식후경이라는 생각에 여기저기서 주문을 했고, 그때 대형 트럭 한 대가 급하게 섰다.

끼이익!

"여기 사장님 누굽니까?"

대형 트럭에서 내린 남자가 황소고집 사장에게 물었다.

"전데요?"

"이 천막하고 행사용 플라스틱 의자, 어디다 세팅할까요?"

세심한 것까지 신경을 쓴 박동철이었다.

"예?"

"어디다 설치할까요?"

"저, 저는 이걸 시키지 않았는데요?"

"박동철 씨가 행사 주문을 했어요. 황소고집에 해달라고 하셨어요."

그 순간 황소고집 사장은 다시 한 번 멍해졌다.

그리고 번뜩 정신을 차렸다.

"여, 여기다가 설치를 해주세요."

"예."

"손님들! 주차장 차 좀 빼 주세요! 자리가 없네요."

그리고 그날, 황소고집은 한 달 올릴 매출을 딱 하루 만에 올렸다.

"여기 고기, 완전 죽이네."

"캬! 어디서 고기를 공수한 건지… 이렇게 부드러울 수가 있나?"

"한우입니다. 한우! 우리 몸에는 한우죠!"

"그러네요. 어떻게 이 가격에 이런 한우를 파실 수 있어요?"

주식 정보를 알고 온 사람들은 한우의 맛에 푹 빠졌다. 그리고 다시 황소고집은 불이 일어나듯 다시 손님들이 늘어났다.

입소문?

아니, 눈으로 보고 사람들이 점점 보여 드는 것이다.

그리고 입소문도 한몫을 했다.

물론 황소고집이 다시 일어설 수 있었던 것은 박동철의 우주 같은 오지랖 때문일 것이다.

작은 관심이 세상을 구한다.

모두 그렇지는 않겠지만 오지랖 넓은 사람이 많을수록 살기 좋은 세상이 된다.

*　　　　*　　　　*

검찰 조사실.

"박현석 씨! 이미 모든 것이 밝혀졌으니까 수사에 협조하시죠."

물론 밝혀진 증거는 없다. 하지만 박현석은 자신이 한 짓을 후회하는 것 같다.

그러니 인간적으로 취조를 하면 자신의 죄를 진술할 것 같다.

"더 숨길 것이 뭐가 있겠습니까?"

"최 주사 아니, 최인태 씨의 부탁을 받고 공문서를 조작하셨죠?"

"…예."

"쓰세요."

어떤 면에서 박현석은 마누라를 잘못 얻은 죄로 최 주사의 덫에 빠진 꼴이나 다름이 없었다.

사실 마누라도 크게 죄는 없을 것이다.

이것저것 주니 얻어먹은 죄밖에는 없을 것이다.

"대략적으로 아내 분께서 최인태 씨에게 재래시장 상품권으로 뇌물을 받으셨더라고요."

"…다 제 잘못입니다. 아내가 무슨 죄가 있겠습니까? 위생과 주임이라는 직책도 권력이라고, 잘못된 곳으로 쓴 저의 죄입니다."

"후회하십니까?"

"예, 그날로 돌아갈 수 있다면 그러지 않았을 겁니다."

"압니다. 하지만 죄는 사라지지 않습니다."

"예, 검사님!"

그렇게 박현석은 진술서를 썼다. 그리고 일체의 사건이 드러났다.

진술은 증거가 된다.

그러니 분명한 죗값을 받을 것이다.

"지금 나한테 무슨 소리를 하는 겁니까?"

최인태는 피의자실에서 다짜고짜 왜 자신을 잡아왔냐고 난리다. 꽤 오래 공무원 생활을 했고, 증거가 없다는 생각을 하는 모양이다.

그리고 직접적인 연관성 없는 업무를 하고 있기에 저러는 것 같다.

"정말 박현석 주임을 사주해서 공문서를 조작을 지시한 적이 없습니까?"

"없습니다. 나는 그런 일 없습니다. 박 주임이 자기 빠져나가려고 그러는 겁니다."

진술서를 내밀었는데도 저러고 있다.

"진술서는 증거가 됩니다."

"그 사람이 진술한 것 말고는 다른 증거는 없잖습니까?"

사실 여기 오기 전에 조순호 사장도 자백을 했다.

그런데 지금 박인태만 이러고 있는 것이다.

"어쩝니까? 진술서가 한 장이 아닌데."

"예?"

"당신, 장인어른께서도 당신이 잘 처리해 주겠다고 돈 받아간 것을 진술했습니다."

결국 사위가 장인에게 돈을 받았다. 그리고 계좌 추적을 통해 그 사실을 알아냈다. 장인이 사위에게 준 돈이 가족 간에 이뤄진 금전거래라고 생각을 했는데, 이것도 대가성 뇌물이었던 것이다.

"…저는 장인어른께 돈을 좀 빌린 겁니다."

"그러시겠죠."

나는 최인태를 노려봤다.

"원래 굴비 엮이듯 엮인다는 말이 있죠?"

나는 최인태에 대해서는 탈탈 털었다.

계좌 추적을 하면 대부분의 죄가 거의 다 나온다. 대기업처럼 철저하게 숨기지 못하니까. 그만큼 사악하지도 못하니까.

그렇게 여기저기 쑤셨고 꽤 많은 죄들이 드러났다.

"뭐라고요?"

"군산 하천 뚝 공사 수주 리베이트도 하셨네요. 공무원 관사 구조 변경에서도 돈 받으셨고, 거기다가 세하리 임야 용도 변경에서도 돈을 받으셨네요. 이런 것을 보고 줄줄이 사탕이라고 하죠."

내 말에 최인태의 표정이 굳어졌다.

"그… 그건……."

"직접 돈은 안 받으셨고, 처조카 명의로 된 통장으로 돈을 받으셨네요. 뇌물 수수로 딱 걸리셨습니다."

"검… 검사님!"

"예, 최인태 씨!"

"저… 저한테 왜 이러십니까? 같이 나랏일 하는 사람끼리!"

꼭 이런다.

공무원들을 잡아들이면 꼭 이렇게 자기가 할 말이 없으면 나랏일 하는 사람끼리 왜 이러느냐고, 봐 달라고 한다.

"나랏일 하시면서 잘하셨어야죠."

"그, 그게… 살려주십시오."

"당신, 파면될 겁니다."

"이런 젠장! 나만 받아먹었어? 못 받아먹는 놈이 병신이지!"

그는 마지막까지 죄에 대한 뉘우침이 없었다.

똑똑! 똑똑!

그때 누군가 조사실에 노크를 했다.

"검사님!"

최 주사가 난처한 표정으로 조사실 문을 열고 들어왔다.

"뭐죠?"

"좀… 나와 보셔야 할 것 같은데요."

"왜요?"

"나오시면 말씀을 드리겠습니다."

"예."

*　　　　*　　　　*

검사실.

"검사님! 제가 죽일 년입니다. 흑흑흑! 남편은 죄가 없어요. 제가 다 공짜 좋아해서 이렇게 된 거예요!"

박현석의 아내가 검사실까지 찾아와서 울고불고 난리가 났다.

아니, 이건 거의 난동 수준에 가까웠다.

"…여기서 이러시면 안 됩니다."

"제가 잘못했어요. 제가 감옥 갈게요. 제발요, 검사님! 남편은 재래시장 상품권 받은 거 없어요. 살려주세요. 저희 남편 공무원 됐을 때 얼마나 좋아했는데… 제가 잘못했어요."

눈물 콧물 다 흘리면서 내게 애원했다.

"이러셔도 안 됩니다."

"제발요, 검사님, 제가 죽을게요. 제가 죽으면 되잖아요."

"으음……."

그때 검사실로 황소고집 사장님이 물을 열고 들어왔다.

"검사님!"

"사장님!"

이건 반전이었다.

"제가 생각을 해보니까……."

"예."

"저분이 오셔서 울며불며 사정을 하는 것을 보니 실수라는 생각도 들었습니다. 작정하고 저희 가게 망하게 하려 했다면 저희 가게는 진작 망했겠죠. 그리고 그랬다면 이렇게 울며불며 사정하지도 않았겠죠."

마음이 착한 사장님인 것 같다.

그러니 좋은 한우를 그렇게 싼 가격으로 서민들에게 판매를 했을 것이고.

"다 원상태로 돌아왔으니까……."

"고소를 취하하시겠다고요?"

"그게 되나요?"

"되기는 하지만……."

그럼 최인태의 죄도 일부분 사라진다. 물론 박인태 주임을 매수하고 협박한 죄는 사라지지만 다른 죄는 엄청나게 쌓여 있으니, 죗값을 치를 수는 있다.

"그럼 취하해 주세요. 젊은 사람들이 살면서 실수할 수도 있는 거죠."

"예, 알겠습니다. 고소 취하를 하셨습니다."

결국 박인태에 대한 사건은 공소권 없음이 됐다.

물론 그냥 넘길 수는 없었기에 군청인 군산군청에 이 사실을 알릴 참이다.

죄는 미워해도 사람은 미워하지 말라는 말이 있지만 죄는 여전히 남고, 그 죄에 대해 처벌을 받아야 새로운 삶을 살 수가 있을 테니까.

그렇게 박인태 주임에 대한 공소권은 소멸이 됐다.

최인태는 관급 공사 뇌물수수 및 담합 조장 등 8개 항목의 법률 위반으로 구속이 됐고, 재판에서 징역 7년에 추징금 8억을 확정 받았다.

물론 그가 받은 뇌물과 리베이트의 금액은 5년에 걸쳐 7억이었다. 하지만 이자까지 해서 8억을 구형했고, 판사는 그 추징금을 확정했다.

또한 공소권이 소멸된 박인태에 대해서는 군산군청이 정직 6개월의 인사 징계를 내렸다.

물론 그 상태라면 공무원 자격은 유지할 것이다. 그리고 자신의 지은 죄를 갚으며 앞으로는 청렴한 공무원으로 거듭날 것 같다.

그리고 사위에게 뇌물을 주고 사건을 조장한 조순호 씨는 징역 6개월에 집행유해 2년과 사회봉사 60시간을 받았다.

죄가 있는 사람은 다 처벌을 받은 것이다.

그리고 여담이지만 황소고집은 예전처럼 장사가 잘됐다.

"그럼 된 거지?"

조명득은 황소고집에서 나오며 이쑤시개로 이를 쑤시며 말했다.

"그렇지. 그럼 된 거지."

모든 일을 법으로만 처벌할 수 없을 것이다.

법은 인정이 없지만 법을 심판하는 사람은 감정이 있는 존재니까. 만약 박인태 주임이 그때 뻔뻔하게 자신의 죄를 시인하지 않고 뉘우침도 없었다면 어떻게 됐을까 하는 생각이 든다.

가장 늦었다고 후회할 때 그 순간이 자신의 잘못을 돌아보고 바로 고칠 수 있는 가장 빠른 시간이라는 것을 알아야 한다는 생각이 들었다.

"그리고 검사님~"

최 사무관이 나를 불렀다.

"예, 최 사무관!"

"계좌 추적 영장이 통과됐습니다."

"예상했습니다."

"정말요?"

최 사무관이 놀라 나를 봤다.

"제가 영장 판사님께 가서 깽판 좀 쳤습니다."

"역시 검사님이십니다. 호호호!"

이제 본격적으로 황수성에 대한 수사를 시작할 참이다. 지금까지 모은 모든 자료들을 종합하고 철저하게 조사할 참이다.

그게 우루소를 먹고 야근을 밥 먹듯 해도, 당연히 해야 하는 검사의 일이니까.

"가시죠. 배불리 먹었으니 야근하러 가시죠."

"예, 검사님!"

오늘도 검찰청 사람들은 범죄와의 전쟁을 위해 이렇게 야근을 한다.

『법보다 주먹!』 7권에 계속…

연기의 신

FUSION FANTASTIC STORY

서산화 장편소설

GOD OF ACTING

PRODUCTION

DIRECTOR

CAMERA

DATE | SCENE | TAKE

무대, 영화, 방송…
모든 '연기'의 중심에 서다!

『연기의 신』

목소리를 잃고 마임 배우로 활동하던 이도원은
계획된 살인 사건에 휘말려 비참한 죽음을 맞이한다.
그런 그에게 주어진 특별한 기회, 타임 슬립.

"저는 당신의 가면 속 심연을 끌어내는 배우입니다."

이제 그의 연기가 관객을 지배한다!
20년 전으로 되돌아가 완전한 배우로서의
삶을 꿈꾸는 이도원의 일대기!

Book Publishing CHUNGEORAM